KB189805

김혜정 장편소설

오백 년째 열다섯 4

위즈덤하우스

| 차례 |

- 등장인물   4
- 프롤로그 1 : 령의 뜻   7
- 프롤로그 2 : 전야제   9

1부 변화

1. 결혼식   14
2. 새 가족   26
3. 구슬의 책임   37
4. 율   50

2부 너와 나의 거리

1. 서희와 휴   68
2. 고백   82
3. 슬픔   94
4. 미래가 오다   109

3부 야호랑 커밍아웃

1. 위기   126

2. 새로운 시대   142

3. 다시 찾아온 미래   153

4. 걱정 대 기대   166

4부 구슬의 선택

1. 가짜 야호   180

2. 속아 줄게   191

3. 다리 놓기   204

◈ 에필로그 : 서우   218

◈ 작가의 말   222

| 등장인물 |

이가을

"신우의 기억을 지우고 싶지 않아."

최초 구슬의 주인이자
야호랑의 우두머리 원호.

유신우

"나는 너와 함께할 미래를
위해서라면 뭐든 할 수 있어!"

가을의 인간 남자 친구.

김유정

"이제부터 나는 나를
더 많이 사랑할 거야!"

가을의 가장 친한 친구. 호랑.

령의 동생. 오백 년 동안
가을을 든든하게 지켜 준 야호.

김현

유정이 오백 년 동안 좋아한 호랑.

권율

휴가 처음으로 구슬을 나눠 준
인간이었음. 야호. 역사 속 킹메이커.

제임스정

"저는 율 선생님이 시키는 거라면
뭐든 할 거예요."

2년 전 율이 나눠 준 구슬을 통해 종야호가 됨.
가입자 수 세계 1위의 온라인 비디오 플랫폼 운영자.

령의 뜻

"휴!"

휴는 고개를 돌려 소리가 나는 곳을 바라봤다. 거기에는 령과 함께 한 소녀가 서 있었다. 휴는 머리 위로 오른손을 들어 크게 흔든 다음 달려갔다.

휴가 가까이 다가가자 소녀가 령 뒤로 슬며시 숨었다. 저 아이구나. 령이 구슬을 나누어 주었다는.

소녀는 고개를 살짝 내밀어 휴를 힐끔 봤다. 휴는 고개를 옆으로 숙여 소녀가 자신을 제대로 봐 주길 기다렸다. 드디어 둘의 눈이 마주쳤다. 휴는 미소를 지으며 인사했다.

"반가워. 나는 휴야. 누이한테 네 이야기 많이 들었어."

"저도요."

령의 뒤에 서 있던 소녀가 한 발짝 앞으로 걸어 나와 령의 옆에 섰다. 소녀는 처음 휴를 만나 부끄러워하는 듯했지만 휴를 궁금해하는 눈치였다.

그때 바람이 불며 홍매화 꽃잎이 우수수 떨어졌다.

"우아, 꽃비다."

휘날리는 꽃잎을 바라보던 소녀는 양손으로 꽃잎을 받으려고 했다. 하지만 꽃잎이 잡히지 않자 이리저리 꽃잎을 쫓아다녔다.

령이 내민 손 위에도 꽃잎이 떨어졌다.

"참 예쁘다."

"그러게. 꽃보다 더 예쁘네."

령은 고개를 돌려 휴를 바라봤다. 휴가 소녀를 마음에 들어 한다는 걸 곧바로 눈치챘다. 령은 아무 말 하지 않고 빙그레 웃었다. 휴는 소녀에게서 눈을 떼지 못했다.

"누이, 구슬 주길 잘했어."

"앞으로 네가 잘 지켜 줘야 해. 알았지?"

휴는 당연한 걸 굳이 부탁하냐고 대답했다.

령은 휴에게 모든 걸 말하지 않았다. 하지만 먼 훗날 소녀도 휴도 령의 뜻을 알게 될 날이 올 것이다.

전야제

가을네 세 모녀가 식탁 앞에 모여 앉았다. 할머니는 엄마가 좋아하는 꽃게찜과 탕평채를 만들었고, 가을은 케이크를 준비했고, 수수는 고급 와인을 선물로 보내왔다. 할머니가 엄마 접시 앞에 음식을 덜어 주며 많이 먹으라고 했다. 음식을 본 엄마의 눈이 커졌다. 엄마는 이내 낮게 한숨을 토했다.

"엄마, 나 이거 다 먹으면 내일 드레스 어떻게 입으라고."

"그래도 우리 딸 좋아하는 거 먹이고 싶었어. 이제 앞으로 이렇게 못 해 주니까."

할머니와 엄마가 손을 잡으며 서로를 애틋하게 바라봤다. 가을이 "그만, 그만."을 외치며 분위기를 바꿨다.

"둘 다 왜 그래? 겨우 5분 거리인걸. 언제든 만날 수 있잖아."

가을은 할머니와 엄마 잔에 와인을 따른 후 자기 잔에는 포도주스를 따랐다. 오늘 저녁은 축하를 위해 만든 자리다.

"오늘은 마음껏 축하만 하는 거야. 할머니, 엄마, 알았지?"

가을의 말에 할머니와 엄마가 고개를 끄덕였다.

셋은 잔을 부딪치며 인사를 건넸다.

"우리 딸, 결혼 축하해."

"엄마, 행복하게 살아야 해."

엄마가 고맙다며 잘 살겠다고 대답했다. 내일 엄마와 선이 결혼을 한다. 고민 끝에 엄마는 선의 프러포즈를 받아들였고 결혼식 날짜를 곧바로 잡았다. 오백 년을 넘게 떨어져 지내며 서로 그리워만 했으니 이제 더 이상 기다릴 필요가 없었다. 엄마가 선과 현이 살던 집에서 신혼집을 꾸리기로 해서 현이 가을네 집으로 오게 되었다. 엄마와 선의 결혼으로 더 신난 건 유정이다. 현과 함께 살면 매일 볼 수 있다며 기대가 크다. 오늘 가을네 세 모녀가 결혼식 전야제를 하는 것처럼 선도 유정, 현과 셋이 축하 파티를 하는 중이다. 그 셋도 가을네 못지 않은 가족이라 할 이야기가 많을 것이다.

"왜 이렇게 맛있는 거야? 더 먹으면 안 되는데."

엄마는 말과는 달리 계속 음식을 맛있게 먹었다. 할머니가 내일 둔갑술을 살짝 쓰면 될 걸 무슨 걱정이냐며 한마디 했다.

"싫어. 내일은 내 모습 그대로이고 싶어."

엄마는 선과 외형적으로 열 살 정도 차이 나는 것을 콤플렉스로 여겼다. 결혼식 날 10년 전 모습으로 둔갑할까 고민도 했다. 하지만 선이 엄마에게 당신의 모습 그대로를 사랑한다고 말한 이후 엄마는 마음을 바꾸었다.

꽃게찜을 먹던 엄마가 갑자기 울음을 터트렸다.

"나 그냥 결혼하지 말까?"

할머니와 가을이 깜짝 놀라 왜 그러냐고 물었다.

"내가 엄마랑 가을이 없이 어떻게 살아? 우리 셋 한 번도 떨어져 산 적 없잖아."

엄마가 꽃게 몸통을 든 손으로 눈가에 흐르는 눈물을 닦으니 마치 꽃게가 공중에서 춤을 추는 것 같았다. 가을도 엄마와 떨어져 산다는 게 실감이 잘 나지 않았다. 세 모녀는 오백 년 넘게 늘 함께였으니까.

"그냥 선한테 이 집으로 오라고 할까?"

엄마의 말에 할머니가 손사래를 치며 조선 시대와 달리 요즘은 장모와 사위 사이가 워낙 가깝기 때문에 더더욱 적당한 거리두기가 필요하다고 말했다.

"가을아, 너는 정말 엄마랑 같이 안 살아도 돼?"

할머니는 자기가 있는데 무슨 소리냐며 쓸데없는 걱정은 단단히 붙들어 매라고 했다.

결혼식을 하루 앞둔 엄마는 마음이 복잡한 것 같았다. 행복하지만 엄마와 딸을 두고 가는 게 마음에 걸리는 듯했다. 처음 엄마가 결혼을 한다고 했을 때 가을은 조금 서운한 마음이 들긴 했지만 이제는 아니다. 새로운 생활이 펼쳐질 것 같아 제법 기대가 되었다.

드레스를 입은 엄마는 눈부시게 아름다웠다.
세상에서 가장 행복한 신부다.

변화

결혼식

날이 더없이 좋았다. 올여름은 유례없는 폭염이 이어졌고 처서가
지난 후에도 더위가 사그라지지 않았다. 9월에도 여름 못지않게 기
온이 높았다. 하지만 가을은 아침에 눈을 떴을 때 오늘 날씨가 좋을
것을 예감했다. 창문을 열었을 때 공기 중에 습도가 적당했고 햇볕은
따뜻했으며 바람이 선선하게 불어왔다. 가을은 창문에 기대어 눈을
감은 채 해를 맞이했다. 야외에서 결혼식을 진행하기에 혹시 날이 좋
지 않으면 어쩌나 걱정했는데 기우였다. 날씨마저 결혼을 축하하는
게 분명했다.

엄마와 할머니는 이른 아침부터 메이크업을 하기 위해 먼저 나갔
고 가을과 유정은 결혼식 시작 시간에 맞추어 나가기로 했다.

유정이 거울 앞에 서서 옷매무새를 가다듬으며 말했다.

"아, 왜 내가 다 설레는지 모르겠네."

"너는 다른 것 때문에 그러는 거 아냐? 이제부터 현이랑 같이 살 수 있으니까?"

가을이 살짝 눈을 흘겼고 유정은 부정은 못 하겠다며 활짝 웃었다. 이래서 가을은 유정을 좋아한다. 유정은 앞뒤가 같다. 가을에게 숨기는 것도 없고 의뭉스럽지도 않다. 가을은 유정과 함께 있으면 마음이 편했다. 그런 유정이 지난 1학기에 현에게 가 있는 바람에 심심하고 외로웠다.

"나 현이랑 같이 사는 거 진짜 오랜만이야. 한국 전쟁 때 부산에 피난 가서 함께 산 게 마지막이었어."

유정은 계속 싱글벙글했다. 유정과 달리 가을은 현과 함께 사는 게 별로 좋지 않았다. 실버제약 일이 잘 마무리되긴 했지만 그때 현과 여러 차례 부딪쳤다. 그나마 유정이 좋아하는 호랑이기도 하고 신우가 현과는 친하기에 가을은 백번 양보해서 현을 좋게 보려고 노력 중이다. 신우와 현은 연락도 종종하고 둘이 따로 만나기도 했다.

루비가 집 앞에 도착했다며 내려오라고 했다. 가을과 유정은 근처에 사는 루비 차를 타고 가기로 했다. 집을 나서기 전 가을과 유정은 서로의 차림을 봐 주었다. 유정은 가을에게 충분히 멋지다고 칭찬해 주었다.

루비 차에는 이미 다른 야호 둘이 타고 있었다. 본야호로 회의 때마다 만나 가을도 잘 아는 야호들이었다. 가을은 둘에게 와 주셔서 감사하다고 인사했다. 할머니는 결혼식에 오는 손님에게 인사를 잘

해야 한다고 가을에게 당부했다.

"당연히 가야지요. 야호와 호랑의 결혼이라니. 살다 보니 이런 일도 다 생기네요."

그 말에 다들 웃었다. 서로 전쟁이나 할 줄 알았지 함께 축하할 날이 올 줄은 몰랐으니까.

오늘 결혼식에는 한국에 있는 야호와 호랑 들이 대부분 참석하기로 했다. 원래 엄마와 선은 몇몇 친한 지인을 불러 작게 결혼식을 치르려고 했지만, 결혼 소식을 알게 된 야호와 호랑 들이 이 특별한 행사에 빠질 수 없다며 다들 오고 싶어 했다. 결국 범녀가 소유한 리조트에서 결혼식을 치르기로 했고, 그래서 예상보다 규모가 훨씬 더 커졌다.

차를 타고 가는데 신우에게 문자가 왔다.

가을아, 결혼식장 도착했어?

아직. 이제 20분만 더 가면 돼.

너에게 새 가족이 생긴 걸 축하해^^

내가 축하받을 일인가?

당연하지. 네 편이 한 명 더 늘어난 거잖아!

　신우는 말도 참 예쁘게 한다. 가을은 고맙다고 문자를 보냈다. 다시 한번 신우에게 미안했다. 결혼식에 신우를 초대하지 못하는 게 무척 아쉽다. 원래 계획대로 소규모로 진행했다면 당연히 신우를 초대했을 거다. 엄마와 선이 결혼한다는 소식을 전했을 때 신우는 꼭 참석하겠다고 했다. 하지만 야호랑의 행사가 되어 버리니 참석자를 야호랑으로 한정할 수밖에 없었다. 정체를 숨기고 살아가는 야호랑은 이런 행사에 인간이 끼는 걸 극도로 꺼린다. 하는 수 없이 가을은 신우에게 양해를 구했고 신우는 괜찮다고 했다.

　신우는 결혼 선물로 엄마와 선에게 나무로 만든 기러기 인형을 선물했다. 원래 전통 혼례식에는 기러기 인형을 놓아 둔다. 기러기는 암수가 정답게 살다가 홀로 되면 다시 짝을 찾지 않고 새끼들을 키우면서 살아간다고 한다. 신우는 기러기 인형을 가을에게 건네며 "기러기 인형에는 백년해로의 뜻이 담겨 있대."라고 말했다. 야호와 호랑에게 백 년은 너무 짧다. 하지만 이 말에는 평생이라는 의미도 담겨 있다.

　엄마와 선은 신우가 보낸 선물을 무척 마음에 들어 했다. 엄마는 기러기 인형을 거실 선반 위에 잘 전시해 두었다.

　곧 결혼식장에 도착했다. 식장에 온 손님들을 보고 가을은 놀라지 않을 수가 없었다. 야호와 호랑이 많이 올 줄은 알았지만 이렇게까지 많을 줄은 몰랐다. 구슬 전쟁 때보다 더 많이 모인 듯했다.

유정은 현을 보자마자 신이 나서 그쪽으로 달려갔다. 어쩜 저렇게 좋을까. 가을이 유정의 뒷모습을 바라보며 웃는데 누군가 가을을 불렀다.

"가을아!"

고개를 돌려 보니 수수였다. 모리셔스로 돌아갔던 수수도 결혼식에 참석하기 위해 한국으로 잠시 돌아왔다. 가을이 그렇게까지 하지 않아도 된다고 했지만, 수수는 세기의 결혼식에 빠질 수 없을뿐더러 호랑족과 친해질 수 있는 절호의 기회라며 꼭 참석하겠다고 했다. 호랑족 중에는 수수 못지않게 부를 이룬 이들이 많았다. 수수는 호랑족과의 교류를 통해 앞으로 사업을 더 크게 키울 수 있을 거라며 기대가 컸다. 얼마 전까지만 해도 야호족과 호랑족은 서로 적이었기에 절대 친해질 수가 없었는데 벌써 수수는 새로운 사업을 함께할 호랑족을 사귀었다며 가을과 루비에게 자랑했다.

"역시 호랑족이라니까. 내가 야호족 사이에서나 잘나가지. 호랑족들은 참 대단해. 이 리조트도 이번에 중국에서 크게 투자받았다고 하더라."

수수가 리조트를 둘러보며 감탄했다. 둔갑술 정지를 받은 이후에도 범녀의 사업은 계속 승승장구 중이다.

범녀와 할머니는 입구 앞에서 손님들을 맞이하고 있었다. 루비가 입구 쪽을 바라보며 말했다.

"그런데 범녀 님 요즘 리조트 사업에 별 관심 없으셔."

"그럼?"

"새로운 재단을 만들었다더라고."

가을의 귀가 쫑긋했다. 가을은 범녀가 또 무슨 일을 벌이려고 하는지 걱정부터 앞섰다. 결혼식이 끝나면 루비에게 더 자세히 알아봐 달라고 부탁해야겠다고 생각했다.

수수가 결혼식장을 죽 둘러보며 말했다.

"하송이도 그렇고 선도 그렇고 참 큰 결심했다. 결혼이라니."

수수는 엄마에게 몇 번이나 진짜 결혼할 거냐고 물었다. 야호와 호랑이 오늘 유달리 많이 모인 이유도 두 종족에게 이 결혼이 매우 특별한 일이기 때문이다. 야호나 호랑은 원래 결혼을 거의 하지 않는다. 긴긴 삶을 사는 야호와 호랑에게는 당연히 결혼을 지속해야 하는 시간도 길다. 아주 먼 옛날에는 야호끼리 호랑끼리 결혼하기도 했지만 결국 대부분 헤어졌다고 들었다.

한창 떠들던 수수가 갑자기 말을 멈췄다. 수수의 시선이 멈춘 곳에는 진이 있었다. 진도 결혼식에 참석하기 위해 네덜란드에서 한국으로 들어왔다. 진이 가을 쪽으로 다가왔고 수수는 어색한 미소를 지은 채 루비 손을 끌며 신부한테 가 보자며 사라졌다. 수수는 아직 진이 불편한가 보다.

"쟤는 아직도 나 피하네?"

진이 도망치듯 떠나는 수수를 바라보며 웃었다.

"진 언니한테 많이 미안한가 봐요."

가을도 따라 웃으며 대답했다. 가을은 진을 언니라고 불렀다. 가짜 진이었던 도호를 부르던 습관이 남아서다. 가을은 몇 개월 함께했던 이가 진이 아니라 도호였다는 것을 알고 있지만, 이상하게 진과 정말로 함께했던 것처럼 느껴졌다.

"결혼식 끝나면 다시 네덜란드로 가실 거예요?"

"아니. 당분간 한국에 있으려고. 고작 2년 잠들었던 건데 후유증이 있어. 고향에서 정기를 좀 채우는 게 좋을 것 같아."

가을은 혹시 도호를 찾기 위해서 그런 거냐고 물으려다가 말았다. 도호 이야기가 나올 때마다 진이 지었던 표정을 기억하고 있기 때문이다. 그때 진은 한없이 쓸쓸해 보였다. 언젠가 진이 먼저 도호 이야기를 하면 그때 가을도 자연스럽게 도호에 대해 말할 수 있을 것 같다.

"참, 휴는 만났어요?"

"어. 입구에서 여기저기 인사하느라고 바쁘더라고. 누가 보면 자기 결혼식인 줄 알겠어. 저기 봐. 또 인사하고 있네."

진이 휴가 있는 쪽을 가리켰다. 정장을 입은 휴는 평소와는 분위기가 완전히 달랐다.

"저렇게 차려 입으니 좀 멋있긴 하다."

가을은 혹시 진이 아직도 휴를 좋아하는 건가 궁금했다.

"어머, 나 휴 안 좋아해. 그거 다 옛날 일이라고."

가을은 깜짝 놀라 눈만 껌벅였다. 뭐지? 분명 마음속으로 생각한 건데 진이 어떻게 안 거지?

"그래도 내가 최초 구슬을 몇천 년이나 갖고 있었잖아. 비록 그 구슬이 지금은 나한테 없지만 그때 능력이 아주 조금 비슷하게는 남아 있더라고."

"우아, 신기해요."

"그래서 나는 다 알고 있지. 휴가 너를 좋아한다는 것도. 어떡할 거야? 휴 마음 계속 안 받아 줄 거야?"

가을은 딸꾹질을 하고 말았다.

"제 남자 친구는 신우라고요."

"신우는 인간이잖아. 야호와 인간은 영원할 수 없어. 언젠가 헤어져야 한다고."

그 생각을 하자 가을의 마음에 먹구름이 끼었다.

"가을아, 미안해. 이렇게 좋은 날 괜한 소리를 했네."

진이 미안한 얼굴로 말했다. 가을은 괜찮다고 말하려고 했지만 그만두었다. 실은 괜찮지 않았고 진은 그 마음도 읽을 것이다.

"구슬 때문에 뭐 어려운 점은 없어? 구슬 완전체를 갖게 되었잖아."

"아직은 잘 모르겠어요."

완전체 구슬을 얻은 지 한 달이 조금 넘었지만 아직은 가을에게 특별한 변화는 없었다.

진이 가을의 손을 잡아끌었다.

"우리 신랑 신부한테 가 보자. 얼마나 예쁘고 멋있을지 궁금하네."

신부 대기실 앞에서 유정과 현을 만났다.

"어어, 조카 왔어?"

현이 가을을 향해 손을 흔들었다.

"조카?"

"네가 선 형의 딸이면 내가 삼촌이 되는 거잖아. 앞으로 현 삼촌, 하고 부르면 돼."

가을은 어이가 없어 대꾸조차 하지 않았는데, 유정은 너무 재밌다며 웃었다. 뭐가 웃긴 거야. 가을은 적당히 하라며 유정의 옆구리를 팔꿈치로 쳤다.

신부 대기실 문을 열고 들어갔다. 드레스를 입은 엄마는 눈부시게 아름다웠다. 어제 저녁을 너무 많이 먹었다고 걱정했는데 조금도 부어 보이지 않았다.

유정이 엄마 앞으로 다가갔다.

"뭐예요, 이모? 둔갑술 썼어요?"

엄마가 놀라서 되물었다.

"아닌데. 왜? 나 이상해?"

"10년은 어려 보이잖아요."

유정의 말에 엄마가 활짝 웃었다. 가을은 고개를 살짝 저었다. 엄마가 예쁘긴 했지만 이십 대로 보이진 않았다. 유정은 엄마에게 할 수 있는 최고의 칭찬을 한 셈이다.

엄마와 함께 사진을 찍은 후 셋은 선에게 갔다. 엄마와 달리 선은 조금 긴장한 듯 보였다.

"삼촌, 땀 좀 닦아."

유정이 가방에서 손수건을 꺼내 선에게 건넸다.

"와, 나 형 이렇게 떠는 거 처음 봤어."

"나도. 나중에 두고두고 놀려 먹어야지."

유정이 핸드폰으로 선의 사진을 계속 찍었다. 선이 하지 말라고 했지만 유정은 개의치 않았다. 가을은 선을 스스럼없이 대하는 유정이 조금은 부러웠다.

선에게 장난치던 현과 유정이 슬며시 자리를 피해 주었고 가을과 선만 남았다.

"고마워, 가을아. 결혼하는 거 찬성해 줘서."

"엄마가 원하니까요."

가을은 잘못 말한 것 같아 멈칫했다. 마치 가을은 원하지 않는데 엄마 때문에 어쩔 수 없이 찬성한 것처럼 들릴지도 모른다. 그게 아닌데. 가을은 얼른 덧붙였다.

"저도 원했어요. 엄마랑 두 분 행복하신 거요."

가을은 아직 '아빠'라는 호칭이 어려웠다.

"가을아, 네 뒤에 나랑 하송 씨가 있다는 걸 잊지 마. 나는 하송 씨와 결혼하는 것도 좋지만 네 진짜 아빠가 될 수 있어서 더 기뻐."

선의 말이 진심이라는 것을 가을은 온전히 느낄 수 있었다. 가을은 순간 선에게 안기고 싶었는데 어정쩡하게 오른손만 나와 버렸다. 선은 악수를 하자는 것으로 이해했는지 오른손을 내밀어 가을의 손을 꼭 잡았다. 가을과 선은 어색하게 손을 흔들며 악수했다.

곧 결혼식을 시작한다는 안내 방송이 나왔다. 가을이 하객석을 향해 가는데 유정과 현이 다가왔다.

"너 오늘 손님으로 왔어? 형도 웃기고 너도 진짜 웃기다. 아빠랑 딸이 악수하다니."

현이 재밌다며 배를 잡고 웃었다. 하여튼 현은 예뻐하려야 예뻐할 수가 없다. 가을은 현을 무시하고는 유정과 함께 빈자리를 찾아 앉았다. 다행히 현은 축사를 맡아서 하객석으로 오지 않았다.

결혼식 시작 시간이 가까워지자 야호와 호랑 들이 모두 식이 진행되는 잔디밭으로 모였다. 모두가 좋은 옷을 입고 기쁜 표정을 짓고 있다. 결혼식이 아니라 야호와 호랑의 축제 같았다. 가을이 아는 야호와 호랑은 모두 온 것 같다. 령만 빼고. 령도 함께였다면 얼마나 좋았을까.

가을은 눈을 감고 구슬을 느끼며 령에게 말했다.

'령 님, 보고 있지? 야호와 호랑이 이렇게 함께 모여서 웃고 있어. 령 님도 여기 있었으면 얼마나 좋았을까. 야호와 호랑이 앞으로도 잘 지낼 수 있도록 만들게. 령 님은 아무 걱정하지 마.'

가을의 귓가에 '잘했어, 가을아.' 하고 령이 말하는 게 들리는 듯했다. 가을은 눈을 떴다. 가을 입가에 슬며시 미소가 지어졌다.

엄마와 선은 함께 입장한 후 성혼 성언문을 낭독했다. 가수로 활동하는 호랑이 축가를 불렀고 현의 축사가 이어졌다. 인정하고 싶지 않았지만 현의 축사는 꽤 감동적이었다. 과거에 시조를 썼다는 게 빈말은 아닌 모양이다. 유정은 축사가 너무 좋다며 이런 건 영상으로 찍어서 길이길이 간직해야 한다며 호들갑을 떨었다.

결혼식이 끝난 후 곧바로 2부 피로연이 이어졌다. 범녀가 준비한 음식을 먹으며 야호와 호랑이 자연스레 어울렸다. 엄마와 선이 손을 꼭 잡고 돌아다니며 하객에게 인사했다.

엄마는 세상에서 가장 행복한 신부다. 활짝 웃는 엄마의 얼굴을 보니 가을은 저도 모르게 눈물이 나왔다. 엄마는 사랑하는 사람과 헤어질 때마다 몹시 아파했는데 이제는 그럴 일이 없겠지. 다른 야호랑들과 달리 엄마와 선만큼은 오래오래 함께할 수 있는 걸 축복과 감사로 여기며 살아갈 것이다.

할머니를 바라보니 할머니도 가을처럼 손수건으로 눈물을 닦고 있었다. 이건 슬퍼서 흘리는 눈물이 아니라 기쁨이 넘쳐서 흐르는 눈물이다.

세 모녀는 지금 모두 같은 마음이었다.

새 가족

"가을아."

신우가 어깨를 톡톡 건드린 후에야 가을은 고개를 들어 신우를 바라봤다. 신우가 가을을 보며 싱긋 웃었다.

"어? 언제 왔어?"

"좀 전에. 사실은 한 5분쯤 됐나?"

가을은 어제 있었던 일을 생각하느라 신우가 가까이 다가온 것을 알아채지 못했다. 일요일이라 둘은 함께 만나 영화를 보기로 했다. 가을이 먼저 약속 장소에 도착했고 조금 뒤 도착한 신우가 가을을 불렀지만, 생각에 빠진 가을은 신우 목소리를 전혀 듣지 못했다. 신우는 조용히 가을 옆에 앉아 있다가 기회를 봐서 말을 건 것이다.

"가을아, 너 괜찮아? 피곤해 보여."

"어제 결혼식 끝나고 늦게 와서 그런가 봐."

가을은 늦게까지 이어진 결혼식 피로연에 끝까지 함께 있었다. 집에 왔더니 열두 시가 넘었다. 가을은 신우에게 팔짱을 끼며 신우를 만나는 게 자기에겐 휴식이라고 속삭였다.

　영화 상영까지 시간이 꽤 남아 둘은 카페로 왔다. 신우는 가을에게는 비타민C 충전이 필요하다며 레모네이드를 주문해 주었다. 레모네이드를 한 모금 마시고 나니 가을은 그제야 조금 정신이 드는 것 같았다. 가을은 신우에게 어제 찍은 결혼식 사진을 보여 줬다. 결혼식에 오지 못한 신우를 위해 중간중간 사진을 많이 찍었다.

　"너무 예쁘다."

　"그치? 우리 엄마 정말 예쁘더라."

　가을은 엄마가 그렇게 활짝 웃는 걸 처음 봤다. 다시 사진으로 봐도 저절로 미소가 지어졌다.

　"아니, 나는 너 말한 건데. 네가 너무 예쁘다고."

　신우가 빨개진 얼굴로 말했다.

　가을과 신우는 한참 결혼식 사진을 보며 이야기를 나누었다. 가을은 문득 결혼식을 할 때 어떤 기분이 들지 궁금했다. 영원히 어른이 될 수 없는 가을은 결혼을 할 수 있을까? 사진 속에서 환하게 웃는 엄마가 조금은 부러웠다.

　가을이 진과 함께 찍은 사진을 보며 신우가 물었다.

　"이 사람이 진짜 진이지?"

　"맞아."

도호의 일을 해결하고 난 후 가을은 약속대로 신우에게 그동안 있었던 일을 모두 말해 주었다. 그날 신우는 이야기를 다 듣고 나서 가을을 와락 안았다. 한참 동안 신우는 가을을 안은 채 아무 말도 하지 않았다.

"가을아, 무사해서 정말 다행이야. 너 잘못되면 나는……."

가을은 신우가 자신을 많이 걱정한다는 걸 느낄 수 있었다. 신우는 중학교 때처럼 주변 사람들에게 마음을 닫고 지내는 건 아니지만 가족인 할머니 두심을 제외하면 온전히 자신을 내보이는 이는 가을밖에 없다. 가을은 그걸 잘 알고 있기에 앞으로는 더 조심해서 원호의 일을 할 거라고 약속했다.

가을은 결혼식에서 있었던 즐겁고 행복했던 일들을 신우에게 들려주었다.

"어제 정말 재밌었겠다."

"응. 다들 얼마나 좋아했는지 몰라."

정말로 모든 게 완벽했다. 엄마와 선은 누구보다 행복해했으며 하객들도 모두 즐거워했다. 날씨도 좋고 음식도 맛있었다. 이보다 더 좋은 결혼식은 없으리라.

그런데 피로연 파티가 막바지에 이르렀을 때였다. 가을이 화장실 문을 열고 들어가는데 갑자기 사방이 어두워졌다가 밝아졌다. 눈앞에 할머니와 엄마가 보였다. 둘의 표정이 심상치 않았다. 할머니와 엄마는 울고 있었다. 둘은 방금 전까지 한복과 드레스를 입고 있었는데 언제 옷을 갈아입었는지 평상복 차림이었다. 가을은 할머니와 엄마에게 더 가까이 다가갔다. 하지만 둘은 가을을 전혀 보지 못하는 것처럼 행동했다.

"가을아, 안 돼."

"제발, 제발, 가을아."

할머니와 엄마가 슬픈 목소리로 가을을 불렀다. 엄마는 가슴을 부여잡은 채 눈물을 흘렸고 할머니도 몹시 고통스러운 표정으로 서 있었다. 가을이 더 가까이 다가가려는 순간 다시 주변이 어두워졌다가 밝아졌다.

"가을아, 내 목소리 들려?"

유정이 가을의 팔을 연신 주무르며 괜찮으냐고 물었다.

"어떻게 된 거야?"

"너 문손잡이 잡은 채 멈추어 서 있었어. 무슨 마네킹 같았다고. 보지도 못하고 듣지도 못하는 것처럼 보였어."

"정말로 내가 안 움직였어?"

"어. 네가 가만히 서 있길래 처음에는 장난하는 줄 알았거든. 그런데 아무리 네 몸을 흔들어도 움직이지 않는 거야. 몸만 있고 꼭 정신은 어디로 사라진 것 같았다니까. 내가 얼마나 놀랐는데."

"나 얼마나 그러고 있었어?"

"1분쯤?"

시간은 가을이 실제 느낀 것과 비슷했다. 가을은 곧 파티장으로 돌아왔지만 자신의 영혼이 다른 데로 증발한 것 같은 1분의 시간이 신경 쓰여 파티에 집중하기 어려웠다. 별거 아니라고 생각하기엔 가을이 본 장면이 너무나 생생했다.

엄마와 할머니는 왜 가을을 부르며 울었을까. 그 장면은 도대체 무슨 뜻이지? 가을은 혹시 예전에 있었던 기억인지 한참을 되짚어 봤다. 잊어버린 과거 기억이 떠올랐을 수도 있으니까. 하지만 그날 본 엄마와 할머니의 말로 표현하기 어려울 만큼 슬픈 표정은 아무리 생각해 봐도 기억 속에 없었다. 아까 신우를 기다리면서도 계속 그 일을 곱씹었다. 하지만 자신에게 무슨 일이 생긴 건지 알 수 없었다.

"참, 너도 어제 잘 다녀왔지?"

"응. 근데 좀 어색하긴 하더라고."

신우는 어제 공군사관학교를 준비하는 스터디 모임에 다녀왔다. 중학교 동창이었던 윤지가 꾸린 모임으로 올해 초부터 시작되었는데 신우는 뒤늦게 합류하게 되었다. 신우는 다들 너무 열심히 하는 것 같아 자극이 되면서도 주눅이 든다고 했지만, 가을은 파일럿이라는 꿈을 열심히 준비하는 신우가 기특하고 멋졌다. 가을은 신우의 꿈을 누구보다 응원한다.

"성적이 중요한데 그게 쉽지가 않네."

신우는 중학교 때보다 성적이 많이 올랐지만 공군사관학교에 입학하려면 더 좋은 성적을 받아야 한다. 학교 성적 이야기에 가을은 할 말이 없었다. 중학생일 때라면 조언해 줄 게 많았을 텐데 고등학생이 된 가을도 성적이 썩 좋지 않다. 대신 가을은 아직 입시까지 시간이 남았으니 같이 노력해 보자고 했다.

집에 가니 반갑지 않은 이가 가을을 기다리고 있었다. 현관문 바깥까지 유정의 웃음소리가 들리기에 무슨 일인가 했더니, 아니나 다를까 현이 와 있었다.

"가을아, 얼른 와. 현이 왔어."

유정은 오늘 현이 이사를 왔다고 말했다.

"벌써?"

엄마와 선이 신혼여행을 간 동안에는 현이 선의 집에 있을 줄 알았다.

"신혼집에 나 혼자 있는 것도 예의가 아닌 것 같아서. 가을 조카, 우리 잘 지내 봐."

또 또 조카 타령이다. 어디 삼촌이라고 부르나 봐라. 가을은 쌩하니 현을 지나쳐 할머니 방으로 가서 인사를 한 후 2층으로 올라왔다. 그런데 유정이 따라 올라오지 않았다. 가을이 1층 쪽으로 몸을 내밀어 보니 유정과 현이 함께 텔레비전을 보고 있었다. 뭐가 그리 재밌는지 유정의 웃음소리가 계속 들렸다. 한국으로 돌아온 유정은 원래 가을과 함께 고등학교에 다니기로 했다. 하지만 현이 온다고 하자 마음을 바꿨다. 유정은 학교를 그만두겠다고 했고 일단은 학업중단숙려제 기간을 보내기로 했다. 학교에 신우가 있긴 하지만 그래도 유정이 없는 건 싫었다. 현이 도대체 뭐라고. 가을은 입을 비죽거렸다.

가을은 방으로 들어가지 않고 2층 거실에서 계속 1층을 살폈다.

"현아, 이거 먹어 봐."

유정이 주방에서 무언가를 가지고 나왔다. 어? 저건 얼마 전에 선이 사 온 수제 캐러멜이다. 요즘 SNS에서 인기 많은 제품으로 가격을 듣고 깜짝 놀랐다. 작은 캐러멜 하나가 과자 한 봉지보다 더 비쌌다.

"맛있다. 하나 더 줘."

"응. 여기."

가을은 인상을 썼다. 비싼 캐러멜이라 아껴 먹으려고 냉장고에 넣어 둔 건데. 현은 한꺼번에 네 개나 먹었다. 이제 몇 개 남지도 않았겠다. 현을 향해 구시렁대고 있는데 유정의 얼굴이 보였다. 결혼식 날 엄마의 얼굴과 아주 비슷했다. 세상을 다 품은 듯 웃는 유정을 보자 현을 향한 적대감이 사르르 녹아내렸다. 유정이 저렇게 좋다면 가을도 언제까지 현을 미워할 수는 없다. 친구의 친구는 내 친구이기도 하니까.

유정은 현과 같이 살게 되었다는 소식을 듣고 폴짝폴짝 뛰며 좋아했다. 만약 신우와 같이 살게 된다면 어떨까? 아침에 일어나자마자 신우를 보고 잠자기 전에도 신우를 보면 좋을 것 같지만, 함께 살게 되면 편하게 지낼 순 없을 것 같다. 머리도 단정하게 빗어야 할 테고 옷도 차려입어야 할 거다. 음, 그건 조금 불편할 거 같다. 신우에게는 예쁜 모습만 보여 주고 싶다. 그래도 유정과 현처럼 나란히 소파에 앉아 언제든 텔레비전을 볼 수 있고 함께 요리도 만들 수 있겠지? 신우가 만든 요리가 맛이 좀 없더라도 맛있는 척을 해야겠지? 그래, 신우의 정성을 생각해야지. 어? 이거 완전 신혼부부인데. 너무 멀리까지 간 것 같아 가을은 저도 모르게 얼굴이 붉어졌다.

"가을아!"

1층에서 유정이 가을을 부르는 소리가 들렸다. 1층으로 내려가 보니 할머니와 엄마가 영상 통화를 하는 중이었다. 할머니 뒤로 가을, 유정, 현이 모여서 화면을 들여다봤다. 엄마와 선은 비행기를 타기 직전이라고 했다.

"우리 잘 다녀올게! 유정이랑 가을이, 할머니 말씀 잘 듣고 있어. 알았지?"

엄마가 말하자 옆에서 선도 현에게 똑같은 말을 했다.

"아이고. 둘 다 여기 걱정은 하지 말고 천천히 신나게 놀다 와."

엄마와 선은 한 달간의 신혼여행을 떠난다. 엄마가 이렇게 일을 오래 쉬는 건 오랜만이다. 가을이 오백 년간 학생으로 지냈다면 엄마는 가장으로서 늘 경제 활동을 해야 했다. 가끔 엄마는 영원히 어른으로 살며 일을 해야 한다고 자기 삶에 은퇴는 없다고 했다.

통화를 끝낸 후 현은 그만 쉬겠다며 방으로 들어갔다.

"현아, 잘 자. 좋은 꿈 꿔!"

유정이 현의 뒤통수에 대고 말했고 현은 손을 들어 흔들어 주었다. 현의 뒷모습을 바라보는 유정의 눈에서 하트가 나오는 것 같은 착각이 들어 가을은 눈을 비볐다.

"가을아, 우리도 그만 올라가자."

유정이 이제야 가을을 봤다. 현과 있을 때면 유정의 시선은 오직 현을 향해 고정되어 있다.

"아, 얼른 내일 오면 좋겠다."

"왜? 난 싫어. 내일 학교 가야 한단 말이야. 넌 학교 안 다니니까 월요일이 기다려지겠지."

"아냐. 난 요일은 상관없어. 아침이 되어야 현이를 볼 수 있으니까."

가을은 조용히 입을 다물었다. 더 이상 할 말이 없었다.

"나 먼저 씻을게."

"응. 마음대로 해."

씻고 돌아온 가을은 침대에 누워 잘 준비를 했다. 잠시 후 유정이 방으로 들어오는 소리가 들렸다. 가을은 조금씩 잠이 몰려오기 시작했다. 엄마 결혼식에 신우와의 데이트에, 바쁜 주말이었다.

눈이 스르르 감기는데 유정이 말을 걸었다.

"가을아, 나 현이한테 고백하려고."

잠이 들려던 가을은 정신이 번쩍 들었다.

"뭐? 뭘 한다고?"

가을은 몸을 일으켜 세운 후 침대에 바로 앉았다.

"좋아한다고 말하려고."

"아니, 아니. 현, 현이도 알잖아. 현이가 뭐야. 세상 다 알아. 아마 들쥐도 알걸?"

가을은 당황해서 말까지 더듬었다. 유정은 이제까지 단 한 번도 현에게 직접 좋아한다는 말을 해 본 적이 없다고 했다.

"그럼 앞으로도 죽 할 필요 없지 않을까? 오백 년 동안 하지 않은 걸 왜 이제 와서 갑자기 하려고?"

가을은 유정을 말리고 싶었다.

"유정아, 나는 네가 상처받는 거 싫어."

"왜 내가 상처받을 거라고 생각해?"

유정의 물음에 가을은 아무 말도 하지 못했다.

"어제 삼촌 결혼하는 거 보니까 부럽더라고. 한 사람과 영원히 사는 것만큼 로맨틱한 일이 어딨겠어?"

어제 결혼식을 보며 가을도 그런 마음이 들긴 했다. 결혼은 연애와 다르다. 결혼은 서로만 사랑하겠다고 공식적으로 약속하는 거다.

"너는 현이를 영원히 사랑할 수 있어?"

"당연하지. 너는 아니야?"

가을은 곧바로 대답하지 못했다. 신우가 좋긴 하지만 영원히 그럴 거냐고 물으면 솔직히 잘 모르겠다. 꼭 야호가 아니더라도 결혼에는 죽을 때까지 함께하겠다는 의미가 담겨 있다. 물론 이혼하는 경우도 있지만 결혼할 때 이혼을 염두에 두진 않으니까. 그런데 1년 후도 모르는데 40년, 50년 후까지 사랑하겠다는 약속이 말이 되나? 아니, 왜 이렇게 부정적으로 생각을 하는 거지? 가을은 제 생각에 놀랐다. 이게 다 수수 때문이다. 아무래도 수수와 놀다 보니 수수 생각에 물들었나 보다. 이래서 친구를 잘 사귀라는 말이 있는가 보다. 수수는 입만 열면 '영원한 건 없다', '식품만 유통 기한이 있는 게 아니라 사랑에도 유효 기간이 있다'고 말했다.

반면에 유정 같은 호랑도 있다. 오백 년을 한결같은 유정을 보면 존경스럽기까지 했다.

"삼촌 보니까 용기가 생겨. 삼촌은 계속 이모 그리워했거든. 이모는 모르겠지만 이모 곁을 맴돌았어. 하지만 자격이 없다고 생각해서 나타나지 못한 거야. 만약 지금까지 삼촌이 이모한테 고백하지 않았으면 결혼이 다 뭐야? 둘은 이어지지 않았을 거잖아. 지금 내게 필요한 건 용기라고!"

유정이 두 주먹을 쥐고 확신에 가득 차서 말했다. 영원히 사는 이들도 있는데 영원한 사랑이라고 왜 없을까. 내가 하지 못한다고 남까지 못 한다고 생각해서는 안 된다.

"유정아, 하고 싶은 대로 해. 나는 너를 응원할 거야."

가을은 수수의 현실보다는 유정의 낭만을 더 믿고 싶었다.

구슬의 책임

　야호랑의 3분기 공식 회의가 열렸다. 오늘은 진도 함께하기로 했다. 미리 진이 야호랑의 공식 회의에 참석해 의제를 발표하겠다고 요청해 왔고 본야호와 본호랑 들은 진의 참석을 찬성했다.

　가을이 회의장에 미리 도착해 준비하고 있는데 진이 문을 열고 들어왔다. 가을이 손을 들어 인사하려는데 진 옆에 휴가 있었다. 가을이 진과 휴 쪽으로 다다다 걸어갔다.

　"어? 휴, 웬일이야?"

　휴는 본야호지만 야호랑이 통합된 이후 회의에 온 적이 한 번도 없었다. 휴가 어깨를 으쓱 올렸다 내리며 대답했다.

　"회의 주제가 내 관심 분야더라고. 안 올 수가 있어야지."

　오늘 진은 '지속 가능한 미래를 위한 야호랑의 책임과 역할'에 대해 발표할 예정이다. 그 내용 중에는 휴가 중요하게 여기는 동물 보호 활동이 담겨 있다. 가을은 진에게 먼저 발표 자료를 공유받았다. 가을도 요즘 한참 고민 중인 주제라 진의 제안이 무척 반가웠다.

회의 시간이 가까워지자 야호랑들이 하나둘 모이기 시작했다. 가을은 야호랑을 일일이 찾아가 결혼식에 와 주셔서 감사하다는 인사를 했다.

"원호님은 좋겠네. 부자 할머니 생겨서."

"좋긴 뭐가 좋아. 자기 죽이려고 눈에 불을 켜고 다녔는데."

"그렇긴 하지?"

야호 몇몇이 굳이 가을의 앞에서 이런 대화를 주고받았다. 가을은 "그런 이야기는 저 없는 데서 해 주세요."라고 말하고 싶은 걸 간신히 참았다. 어떻게 수천 년을 산 야호랑도 인간과 다를 게 없는지 모르겠다. 할머니가 그랬다. 입을 열 때와 다물 때가 언젠지 알아야 진짜 어른이 되는 거라고. 오랜 시간을 살았다고 다 어른이 되는 건 아닌 모양이다.

가을은 정한 시간이 되자 마이크를 켜서 회의 시작을 알렸다.

"안녕하세요, 야호랑님들. 시간이 되었으니 자리에 앉아 주세요."

가을의 말을 들은 야호랑들이 각자 자리에 앉았다.

"오늘 중심 안건은 웅족 진 님이 나와서 말씀하실 거예요."

가을의 안내를 받은 진이 짙은 검은색 머리를 휘날리며 단상에 섰다.

"진, 하나도 안 늙었다. 그대로다."

야호 하나가 농담을 던졌고 그 말에 다들 웃었다. 늙지 않았다는 말을 좋아하는 건 인간이나 야호랑이나 마찬가지다.

"제가 관리를 잘했나 봐요. 감사합니다."

진은 여유롭게 농담을 받아쳤다.

"야호와 호랑이 대립하지 않고 이렇게 한 팀이 된 모습을 보니 너무 기뻐요. 웅녀 님도 이런 모습을 기대했을 거예요."

그 말을 하는 진과 가을의 눈이 마주쳤다. 진은 눈을 한 번 깜박이며 살짝 웃었는데 마치 가을에게 잘했다고 말하는 것만 같았다. 진은 목소리를 가다듬은 후 이야기를 이어 나갔다.

"웅녀 님이 동물이었던 우리에게 구슬을 준 이유는 이 세계의 안녕을 위해서였습니다. 단군을 위해 인간 편에 서려던 것도 자신의 뿌리인 동물만을 지키려는 것도 아니라 이 세상의 보존을 위해서였습니다. 구슬을 가진 우리에게는 지속 가능한 미래를 만들 책임이 있어요. 이 책임을 언제나 기억하고 살아야 해요."

진은 지금까지 자신이 해 온 활동을 소개했다. 동물 보호뿐만 아니라 핵과 전쟁을 반대하는 운동까지 꾸준히 세계의 평화와 공존을 위해 일해 왔다. 물론 진 혼자서 한 일은 아니었다. 그 모든 일을 도호와 함께했다.

"저뿐만이 아니라 그동안 야호님과 호랑님 중에서도 동물과 환경 보호를 위해 다양한 협회를 만들어 활동하신 분이 많다는 것을 알고 있습니다. 저는 앞으로 더 적극적으로 야호랑님들이 나서 주실 것을 요청드립니다."

진이 발언을 마치자 휴가 동의한다고 말했다. 야호들은 그동안 휴를 중심으로 멸종 동물 보호에 중점을 두고 활동했다. 휴가 오늘 회의에 참석한 건 야호랑의 동물 보호 활동에 대한 지지를 촉구하기 위해서다. 휴는 준비해 온 영상과 사진을 보여 주었다. 고통받는 동물의 모습을 보자 가을은 저절로 인상이 일그러졌다. 여우와 범이었던 본야호와 본호랑 들은 가을보다 몇 배 더 감정 이입을 하는 것 같았다.

일순간 회의장이 숙연해졌고 자인이 손을 들었다.

"저도 한말씀드려도 될까요?"

가을은 자인에게 발언권을 주었다.

"저희 호랑족도 진 님의 의견을 적극적으로 지지합니다. 안 그래도 범녀 님께서 운영하고 계시는 BNJ 그룹에서도 기후대책재단을 만들었습니다."

자인은 범녀가 심혈을 기울여 진행하고 있는 BNJ의 새 재단에 대해 소개했다. 가을도 이미 그 이야기를 전달받은 상태였다. 범녀가 또 무슨 일을 꾸미는 건 아닌지 의심부터 들었지만 범녀는 자기의 노후를 위한 일이라고 항변했다. 인간들이야 길게 살아야 백 년이지만, 자신은 앞으로도 몇백 혹은 몇천 년은 넘게 살 거라 지구의 환경과 기후에 관심을 둘 수밖에 없다고 했다. 틀린 말은 아니었다.

자인은 계속 이야기를 이어 나갔다.

"올해 여름 얼마나 덥고 길었습니까? 앞으로 지구의 기온은 점점 더 높아질 겁니다. 변화를 만들지 못한다면 미래에 지구는 지금과는 크게 다른 모습이겠죠. 고작 백 년도 못 사는 인간이 어찌 몇백 년 후를 생각하겠어요? 그들에게 맡겨 둘 수 없어요. 야호와 호랑 들이 적극적으로 나서야 합니다. BNJ 그룹은 환경과 지구 보호에 대한 지원을 아끼지 않겠습니다."

자인의 말이 끝나자마자 여기저기서 동의한다는 목소리가 터져 나왔다. 오랜만에 야호랑의 뜻이 하나로 통했다. 만만통은 앞으로 지구 환경을 보호하기 위한 일을 적극적으로 진행하기로 했고, 재력이 있는 야호랑들을 중심으로 기금을 마련하기로 동의했다.

세 시간 만에 회의가 끝났다.

"생각보다 오래 안 하네."

휴가 가을에게로 다가와 말을 건넸다.

"오늘은 일찍 끝난 거야. 평소에는 다들 얼마나 말들이 많은데."

가을은 휴만 들을 수 있도록 작게 말했다.

"아, 배고프다. 밥 먹으러 가자."

휴는 점심을 간단히 먹었다며 먹고 싶은 음식을 줄줄이 말했다. 가을은 진도 함께 가면 좋을 것 같아 진을 찾아보았다. 진은 자인과 이야기 중이었다. 진은 아직 자인과 할 이야기가 남았다며 가을에게 다음에 보자고 했다. 가을은 휴와 함께 회의장을 나왔다.

가을은 범녀의 최측근인 자인이 진에게 접근한 목적이 따로 있을 것 같아 걱정이 되었다.

"범녀 님 다른 뜻이 있는 건 아니겠지?"

"괜찮을 거야. 진이 호락호락하지 않으니까."

휴는 범녀가 나설 정도면 기후 문제가 심각하긴 하다고 말했다. 범녀는 자기 이익을 가장 중요하게 여기는 호랑이니까.

"참, 누이는 여행 잘하고 있대?"

휴가 엄마의 안부를 물었다.

"응. 엄청 재밌나 봐."

수수가 인맥을 통해 전 세계에 있는 리조트와 호텔을 예약해 준 덕분에 엄마와 선은 특급 대우를 받으며 지내고 있다. 엄마가 보내 주는 사진을 볼 때마다 가을은 깜짝깜짝 놀랐다. 수수는 가을이 알고 있는 것보다 훨씬 더 많은 걸 가지고 있었다.

"수수한테 재단에 지원 좀 해 달라고 해야겠어."

"이미 수수가 많이 지원하고 있어."

오래전부터 수수는 리조트 수익 일부를 환경단체기금으로 내고 있었다. 그 이야기를 들으니 가을은 수수가 조금 달리 보였다. 본야 호들은 알게 모르게 다양한 재단을 만들거나 지원하는 일을 했다.

"우리에게는 구슬을 얻은 책임이 있어. 이 세계는 수천 년 동안 놀라운 발전을 이루었지만 잃은 것도 많아. 본야호가 동물 중심이라면 종야호들은 조금 달라. 아무래도 인간으로 살았던 경험 때문에 사람을 위한 일을 많이 해. 종야호들은 아동보호단체나 난민보호소에 후

원을 많이 해."

가을은 조금 부끄러웠다. 오백 년을 넘게 야호로 살면서 가을은 자신의 삶 외의 것을 생각해 본 적이 없다.

"나 그동안 뭐 했지?"

"앞으로 하면 되지. 그리고 네 덕분에 야호와 호랑이 하나가 되었 잖아. 그것만으로도 충분히 대단한 일을 한 거야."

휴가 가을의 머리를 쓰다듬으며 말했다. 이럴 때 보면 휴는 오빠 같다.

"가을아, 나 배고파. 뱃가죽이 등가죽에 붙을 것 같아."

갑자기 휴가 주저앉아 버렸다.

"장난치지 말고 얼른 일어서."

"아냐. 나 진짜 배고파서 못 움직이겠어. 가을아, 나 업어 줘. 응?"

"너처럼 큰 애를 내가 어떻게 업어? 빨리 일어나."

가을은 휴의 팔을 잡아끌었다. 오빠는 무슨. 저런 행동을 할 때면 휴는 영락없는 남동생이다.

저녁을 먹은 후 휴가 옷을 사야 한다고 해서 함께 쇼핑몰에 들렀 다. 가을이 괜찮다고 했지만 휴가 가을의 옷도 같이 사 주겠다고 해 서 이것저것 사다 보니 쇼핑몰이 닫을 때까지 있었다.

가을은 새로 산 옷을 입고 신이 나서 집으로 돌아왔다. 그런데 집 안이 조용했다. 거실 불이 꺼져 있었다. 집에 아무도 없나? 할머니 방을 열어 보니 할머니는 이미 자는 중이었다. 가을은 조용히 문을 닫고 나왔다. 유정과 현은 외출을 했나? 집 안을 둘러보고 있는데 갑자기 으스스 소름이 돋았다. 뭐지? 이 차가운 분위기는? 가을은 방으로 들어가 불을 켰다가 깜짝 놀라 뒷걸음질 쳤다. 유정이 침대에 우두커니 앉아 있었다.

"뭐야? 왜 불도 안 켜고 있어?"

가을이 물었지만 유정은 아무 대답도 하지 않았다. 유정 주변으로 어두운 기운이 가득했다.

"유정아, 무슨 일 있어?"

가을은 쇼핑백을 내려놓은 후 살며시 유정 옆으로 가서 앉았다. 사이코메트리 능력을 사용하면 무슨 일이 있었는지 알 수 있지만 가을은 참았다. 최초 구슬을 가졌던 진이 그랬다. 사이코메트리 능력은 꼭 중요한 순간이 아니면 쓰지 말라고. 타인의 마음이나 경험을 읽는 건 결코 의지해야 할 능력이 아니라며, 그 능력을 맹신하다 보면 잃는 게 더 많으니 일상에서는 그냥 잊고 지내는 게 낫다고 했다. 한때 가을은 물건을 만질 때마다 사연이 읽혀서 힘들었는데, 이제는 가을의 의지에 따라 조절이 가능했다.

"가을아."

한참 후에야 유정이 가을을 불렀다. 한 번도 들어 보지 못한 유정의 낮고 쓸쓸하고 슬픈 목소리였다.

"나 현이한테 고백했어. 좋아한다고."

역시나. 가을이 짐작한 일이 생겼다.

"현이도 나를 좋아한대."

"진짜? 그럼 너무 잘된 거잖아!"

가을이 화들짝 놀라서 되물었다. 세상에! 현도 유정을 좋아할 줄 이야. 이보다 더 기쁜 소식은 없었다. 그런데 왜 유정은 속상한 얼굴을 하고 있지? 유정이 장난을 치려고 일부러 침울한 연기를 하고 있는 건가?

"현이는 나를 다른 의미로 좋아한대."

"아아."

가을은 '다른'이란 말에 두 눈을 질끈 감았다 떴다.

"나는 현이한테 친구래. 동생이래. 누나래."

어디서 많이 들어 본 답변이라고 생각했는데 가을이 휴에게 대답한 것과 비슷했다. 가을도 휴에게 거절의 뜻을 그렇게 전했다. 가을은 유정의 마음을 몰라주는 현이 미웠지만, 유정의 마음을 받을 수 없는 현도 이해가 갔다. 가을에게 휴도 동생이자 오빠였다. 이걸 어쩌면 좋니. 어쩌면 좋아.

가을은 팔로 유정의 어깨를 감쌌다. 유정이 가을의 어깨에 기대 서럽게 울었다.

"현이가 나는 절대로 아니래. 가을아, 그래도 나는 현이가 좋아. 현이가 나를 좋아하지 않아도 나는 현이가 좋아."

만약 유정의 삶에서 모든 말을 다 지우고 한마디만 기억할 수 있다면 아마도 '김현'일 것이다. 가을은 유정이 실컷 울 수 있도록, 그래서 아픈 마음이 조금이라도 치유되길 바라며 유정에게 어깨를 빌려주었다.

다음 날 아침, 유정은 평소와 다를 것 없이 일찍 일어났다.

"벌써 일어났어?"

가을은 눈을 비비면서 유정 침대 쪽을 바라봤다. 그런데 유정이 교복을 입고 있었다.

"웬 교복?"

"자퇴 안 하고 너랑 같이 학교 다니려고. 집에만 있으니까 심심해서."

유정은 학교 갈 채비를 이미 다 한 후였다.

"앞으로 공부 좀 해 보려고."

가을은 벌떡 일어났다. 유정 입에서 공부하겠다는 말이 나오다니 이건 말도 안 된다.

"유정아, 너 괜찮아?"

가을은 유정을 살폈다.

"너 혹시 어디 아파?"

유정이 제정신이라면 저런 말을 할 리가 없다. 가을은 손바닥으로 유정의 이마를 짚었다. 다행히 열은 나지 않았다.

"당연하지. 가을아, 나 괜찮아. 내가 밤새 생각해 봤거든. 현이하고 나한테는 앞으로 쇠털같이 많은 날이 남았더라. 나 이제 겨우 한 번 거절당한 거야."

유정은 집게손가락을 펼쳐 '1'을 강조했다. 하루 만에 유정은 원래대로 돌아왔다.

"왜 속담도 있잖아. 열 번 찍어 안 넘어가는 나무 없다고."

하지만 현이 나무는 아니잖아. 가을은 목구멍까지 올라온 이 말을 꾹꾹 밀어 내렸다. 이 말은 지금 유정에게 하나도 도움이 되지 않을 테니까.

"반 애들 다들 잘 있나 모르겠네."

유정은 반 아이들에게 준다며 벨기에에서 사 온 초콜릿을 챙겼다.

"다 안 먹고 남겨 두길 잘했어."

유정은 휘파람까지 불며 가방을 챙겼다. 담담한 척 구는 유정을 보니 가을은 마음이 더 아팠다. 유정은 가을에게 얼른 학교 갈 준비 하라는 말을 남기고 방에서 나갔다. 가을은 가만히 앉아 유정이 나간 쪽을 바라봤다. 유정이 집에만 있는 것보다 학교에 가는 게 나을 것 같긴 하다. 집에 있으면 현과 더 자주 부딪쳐야 하니까. 가을은 유정이 현과 같은 집에서 편히 지낼 수 있을지 걱정이었다.

그나저나 현은 유정의 마음을 왜 받아 주지 않는 거지? 유정처럼 현에게 잘해 주고 현을 좋아해 주는 이도 없을 텐데. 하여튼 현은 바보다. 정말 밉다, 김현.

등교 준비를 끝낸 후 가을은 아침을 먹기 위해 주방으로 들어갔다. 할머니가 접시에 계란말이를 담고 있었다.

가을과 유정은 식탁 앞에 앉았다.

"참, 현이도 아침 먹는다고 깨워 달라고 했는데."

할머니가 현의 방 쪽을 보며 말했다. 현과 같이 먹으면 유정이 불편할 텐데. 가을은 유정이 신경 쓰였다.

"어? 할머니. 이거 명란 계란말이예요?"

"응."

"이거 현이가 제일 좋아하는 건데. 현이 얼른 먹으라고 해야겠다."

유정이 식탁 의자에서 일어나 현의 방 쪽으로 갔다. 가을은 젓가락을 들어 서둘러 명란 계란말이를 집어 먹었다.

"어머, 가을아. 그거 명란 들었어. 너 명란 비리다고 안 먹잖아. 네 건 여기 있어."

할머니가 명란을 넣지 않은 계란말이가 담긴 접시를 가을 앞으로 밀어 주었다. 하지만 가을은 명란 계란말이를 계속 집어 먹었다.

"아니야. 좋아해."

가을이 마지막 남은 명란 계란말이를 집었을 때 현이 유정과 함께 주방으로 들어왔다. 가을은 일부러 명란 계란말이를 들어 현에게 보여 준 후 입에 쏙 넣었다.

"어머, 내가 맛있어서 다 먹어 버렸네."

가을은 그 말을 남기고 식탁에서 먼저 일어났다. 계란말이를 먹느라고 밥은 한 숟갈도 먹지 못했다.

화장실로 들어온 후 가을은 양치를 했다. 양치를 오래했지만 입안에 비린 맛이 쉽사리 사라지지 않았다. 화장실에서 나가려는데 입안 어딘가에 명란 알갱이가 남아 있는 것 같았다. 안 되겠다. 가을은 다시 한번 양치질을 했다. 그래도 현의 몫을 남기지 않고 다 먹은 건 잘했다.

율

현에게 고백을 거절당한 이후 유정은 마치 널뛰기하듯 감정이 이랬다저랬다 했다. 어떤 날은 예전과 다를 바 없이 현에 대한 마음을 표현하며 아무렇지 않아 보였지만, 또 어떤 날은 현이 밉다며 가을을 안고 엉엉 울었다.

내가 좋아하는 이가 나를 좋아하지 않는 것만큼 슬픈 일이 있을까? 서로 좋아하는 이를 만나는 건 기적 이상의 일인지도 모른다.

가을은 고개를 돌려 신우를 바라봤다. 수업을 듣던 신우는 가을의 시선을 느꼈는지 고개를 돌려 가을을 봤다. 신우가 살짝 미소를 지어 주었고 가을도 배시시 웃었다. 신우는 기적이다.

4교시가 끝나고 점심시간이 되었다. 유정은 입맛이 없다며 점심을 먹지 않겠다고 했다. 유정이 가을과 함께 고등학교에 입학하기로 결정한 가장 큰 이유는 급식이 맛있다는 거였는데. 물론 유정은 아침에 할머니가 끓인 가자미 미역국을 두 그릇 먹긴 했다.

가을이 유정에게 몇 번을 같이 가자고 말했지만 유정은 이따 오는 길에 바나나우유 하나만 사다 달라고 했다. 하는 수 없이 가을은 신우와 둘이 급식실로 왔다.

"김현 미워 죽겠어, 정말."

가을은 유정에게 차마 하지 못한 말을 신우에게 했다. 유정이 현 때문에 슬퍼할 때면 같이 현을 욕하고 싶었지만 그럴 수는 없었다. 유정은 여전히 현을 좋아하니까.

가을이 내내 툴툴거리자 신우가 조심스럽게 말을 꺼냈다.

"그런데 현이도 유정이한테 미안해해."

"현이 그래? 유정이한테 미안하다고?"

신우가 고개를 끄덕였다.

"집에서 유정이랑 현은 어때?"

"그냥 예전이랑 똑같이 서로를 대해. 아무 일도 없었던 것처럼 장난치고 대화하고."

유정도 현도 괜찮은 '척', 아무렇지 않은 '척' 할 뿐이다. 척척 박사들이 따로 없다. 그런 유정과 현을 지켜보는 가을은 마음이 편하지 않다. 할머니에게는 말하지 않았다. 할머니마저 알면 집안 분위기가 더 이상해질 테니까. 그나마 아무것도 모르는 할머니가 있기 때문에 평소처럼 지낼 수 있는 건지도 모르겠다.

"유정이 어떡하지?"

"시간이 지나면 조금씩 나아지지 않을까?"

"아니."

가을은 고개를 저었다. 시간이 약이라는 말이 유정에게는 통하지 않는다. 유정의 시간은 '김현'을 기준으로 멈춰 있으니까.

"가을이 너까지 힘들어서 어떡해."

"난 괜찮아."

"얼른 먹어."

신우가 갈치구이 살을 발라 가을의 밥 위에 올려 주었다. 가을은 신우가 준 것은 먹었지만 더는 입맛이 없어서 밥을 반 이상 남겼다.

매점에 들러 유정이 부탁한 바나나우유를 사는데, 신우가 가을도 먹으라며 한 개를 더 집었다.

"너 밥 거의 못 먹었잖아. 우유라도 마셔."

신우는 가을이 마실 바나나우유의 마개 부분을 휴지로 닦은 후 빨대를 꽂아 건넸다.

"너 항상 이 부분 휴지로 닦는 거 알아?"

"아빠가 그러셨거든."

"정말?"

"응."

신우는 다섯 살 때 부모님이 돌아가셔서 엄마 아빠에 대한 기억이 단편적으로만 남아 있다. 아빠에 대한 기억 중 하나가 우유인데 아빠는 신우가 우유를 먹을 때면 입이나 빨대가 닿는 부분을 꼭 휴지로 깨끗이 닦아 주었다고 했다. 그 이야기를 나누는 신우의 입가에 따뜻한 미소가 서렸다.

지난번 영빈의 장례식 이후에 신우는 처음으로 부모님 이야기를 꺼냈고 그 이후로 조금씩 부모님과의 기억을 가을에게 나누고 있다. 신우에게 부모님과의 기억이 슬픔이 아니라 떠올리고 싶은 기쁨이 되어 다행이다.

신우의 엄마와 아빠는 어떤 분들이었을까? 두심을 닮았을까? 두심이 지금은 어엿한 교장 선생님이지만 중학생 때 두심은 발랄하고 덜렁대는 소녀였다. 신우가 가을에게 부모님과 찍은 사진을 보여 준 적이 있는데, 신우는 아빠와 얼굴이 아주 많이 닮았다.

"할머니가 그러시는데 내가 아빠 어렸을 때랑 똑같대. 선재를 두 번 키우는 거 같다고 말씀하셨어. 아, 선재는 우리 아빠 이름."

"그럼 너희 아빠는 할아버지를 닮으셨나? 두심이, 아니 너희 할머니랑 너는 많이 닮지는 않아서."

"맞아. 아빠가 할아버지랑 얼굴도 성격도 비슷하다고 했어."

가을도 엄마와 할머니를 닮았다는 이야기를 많이 듣는다. 외모만 닮은 게 아니다. 가끔 엄마와 할머니와 비슷한 행동을 할 때면 스스로도 깜짝 놀란다. 오랜 세월을 같이 살아서 닮아 가는 것도 있다. 나와 닮은 사람이 있다는 건 어떤 의미일까? 신우의 부모님은 자신을 똑 닮은 신우가 있기에 세상을 떠났어도 여전히 세상에 남아 있는 셈이다.

"너희 아빠도 너처럼 다정한 분이었을 거 같아."

신우도 나중에 신우 아빠처럼 다정한 아빠가 될 것 같았다.

"내가 다정해?"

"그럼. 엄청. 아닌가? 나한테만 다정한 건가?"

가을은 헷갈렸다. 낯을 가리는 신우는 다른 사람에게는 살짝 냉랭하게 대하는 면이 있긴 하다.

"몰라. 나한테 다정하면 다정한 거지 뭐."

가을은 빙긋 웃었다. 신우가 다정하게 세상을 살아갔으면 좋겠다. 다정함은 다정함을 받아 본 사람만이 베풀 수 있는 거니까. 사람들이 세상이, 신우를 다정하게 대해 주길 가을은 바랐다.

교실로 돌아왔을 때 유정은 책상에 엎드려 있었다. 유정은 수업 시간이 아닌 다른 시간에는 절대로 저 자세를 하는 아이가 아니었다. 잠은 수업 시간에 자면 된다며 쉬는 시간은 조금도 허투루 쓰지 않았다.

가을은 유정 책상 앞으로 가서 바나나우유와 카스텔라를 내려놓았다.

"먹어."

"어."

유정이 느릿느릿 몸을 일으켰다. 유정이 빵은 손도 대지 않고 우유만 먹길래 가을이 봉지를 열고 카스텔라를 조금씩 뜯어 유정 입에 억지로 넣어 주었다. 유정은 가을이 주는 빵은 받아먹었다.

"가을아."

"왜?"

"너 참 손이 작구나. 새 모이 주니? 내 입 큰 거 안 보여?"

유정은 빵 조각이 너무 작다고 좀 더 큼지막하게 잘라 달라고 주
문했다. 가을은 시키는 대로 빵을 뭉텅이로 떼어 유정 입에 넣었다.

"유정아, 우리 주말에 놀러 갈래? 호수 공원에 보트 타는 거 생겼
대."

가을은 지나가다가 호수 공원 보트 홍보 전단지를 받았다. 신우와
둘이 가고 싶어 전단지를 버리지 않고 챙겨 두었다. 유정과 셋이 가
는 것도 좋을 것 같았다. 바람을 쐬면 유정의 기분이 좀 나아질 거다.

"그럴까?"

유정이 반응을 보였다. 가을은 옆 분단에 앉아 있는 신우에게 물
었다.

"신우야, 이번 주 일요일 어때?"

신우는 토요일에 학원 수업이 있다.

"아, 나 이번 주 일요일에 스터디 모임 있어서. 너희 둘이 다녀와.
난 괜찮아."

가을은 신우와 유정을 살폈다. 이번에는 유정이 먼저다.

"우리 둘이 가자, 유정아. 내가 다 알아볼게."

유정의 표정이 살짝 밝아졌다. 유정은 그럼 밥은 뭘 먹으면 좋을
지 찾아본다며 핸드폰을 꺼냈다.

보트 타기 일행이 더 추가되었다. 가을이 유정과 둘이 놀러 간다고 하니 휴가 자기도 같이 가도 되느냐고 물었다. 유정은 휴랑 같이 놀면 재밌다며 그러자고 했다. 그렇게 셋이 만나려고 했는데 어제 저녁 휴에게 또 연락이 왔다.

"가을아, 율도 함께 가도 돼?"

"율이 왔어?"

"어. 지난주에. 아, 내가 말 안 했구나. 요즘 나랑 같이 지내고 있어."

율은 휴의 가장 친한 친구로, 휴가 처음으로 구슬을 나누어 준 인간이기도 하다. 율이 야호가 된 건 한참 전이다.

휴와 율이 친하다고 가을도 율과 친한 건 아니다. 가을은 야호족 사이에서 환영받지 못한 야호였으니까. 그나마 율은 휴 때문에 가을에게 친절하게 대해 주긴 했다.

"유정이한테 한번 물어볼게."

유정에게 물으니 상관없다고 했다. 가을과 달리 유정은 여럿이 모이면 모일수록 더 재밌다고 여긴다. 그렇게 해서 넷이 함께 호수 공원에서 만나기로 했다.

유정과 함께 외출 준비를 끝낸 후 1층으로 내려왔는데 현이 지금 일어났는지 방에서 나오고 있었다.

"둘이 어디 가?"

"응. 가을이랑 호수에 보트 타러."

가을은 휴랑 휴의 친구 율도 같이 간다고 일부러 덧붙였다.

"율이라고 엄청 인기 많은 애 있어."

가을은 현이 묻지도 않은 것까지 말했다.

"알아, 종야호 권율 말하는 거지?"

가을이 놀라 되물었다.

"네가 어떻게 권율을 알아?"

"워낙 유명하잖아. 그리고 옛날에 오다가다 몇 번 만났어."

"언제?"

"왕건 때도 만났고 세종 때도 봤지."

현이 말하는 옛날은 진짜 옛날이었다. 모두 가을이 태어나기 전의 이야기였다.

"가자."

유정이 그리운 듯 현을 바라보고 있어서 가을은 얼른 유정의 팔을 잡아끌었다. 집 밖으로 나온 후에도 유정은 계속 고개를 돌려 현이 있는 집을 바라봤다.

"현이는 아침에도 참 멋있구나. 얼굴도 하나도 안 붓고. 귀티가 흐른다, 흘러."

"난 전혀 모르겠는데."

"너랑 나랑은 이상형이 달라서 서로 싸울 일이 없을 거야. 참 다행이지 뭐야."

가을은 고개를 갸우뚱했다.

"뭐야? 그 말은 무슨 뜻이야? 넌 신우 안 멋있어?"

"어. 나는 삼촌이나 신우처럼 그런 곱상한 스타일은 별로야."

가을은 은근히 기분이 상했다. 신우가 얼마나 멋있는데 유정이 그걸 모르다니. 그래, 내 남자는 내 눈에만 멋있으면 됐지 뭐. 그렇게 생각하며 가을은 마음을 가라앉혔다.

"그런데 현이 율이라는 애를 어떻게 아는 거지? 아까 유명하다고 했지?"

유정은 율이 어떤 야호냐고 물었다.

"아, 아마 너도 들어 봤을걸?"

유정에게 율과 관련된 몇 가지 역사적 사건을 들려주니 유정이 놀라서 진짜냐고 되물었다.

백제 무왕에게 서동요를 만들라고 시킨 것도 율이었고, 고구려 호동 왕자에게 낙랑 공주를 시켜 북을 찢으라고 알려 준 이도 율이었다. 율은 그 이후로도 킹메이커 역할을 자주 했다. 지금도 둔갑해 다른 나라를 다니며 선거에 참여했다. 율은 농담처럼 능력은 있었지만 신분의 한계 때문에 수장이 되지 못한 한이 맺혀 그렇다고 했다.

"휴가 자기 친구 데리고 나오는 거면, 현도 같이 가자고 할 걸 그랬나?"

"야!"

가을이 버럭 소리를 질렀다. 지금 누구 때문에 유정을 데리고 나오는 건데.

"제발 오늘만큼은 현이 생각하지 말자. 응?"

"그건 나한테 생각을 아예 멈추라는 거잖아."

가을은 절로 한숨이 나왔다. 유정을 잡아끌다시피 하여 버스 정류장으로 걸어갔다. 최대한 현과 몸이 멀어지면 마음이 조금이나마 멀어질 것을 기대하며 말이다.

버스가 오려면 10분이나 남았다. 가을과 유정은 정류장 의자에 앉아 버스를 기다렸다. 사실 며칠 전 가을은 또 이상한 경험을 했다. 학교 도서관 문을 열고 들어가는데 갑자기 주변이 어두워졌다. 정신을 차려 보니 가을은 도서관이 아닌 집 안마당에 와 있었다. 어두운 마당에 현이 홀로 의자에 앉아 있었다. 현은 두 손으로 마른세수를 하며 길게 숨을 내쉬었다. 현이 무어라고 읊조렸는데 너무 작게 말해 알아듣지 못했다. 현의 눈에서 눈물이 또르르 흘렀다. 아직도 은세연을 못 잊은 건가? 뭐 저렇게 애달픈 얼굴인 거야. 가만히 현을 바라보는데 다시 어두워졌고 가을은 원래대로 도서관 문 앞에 뻣뻣하게 굳은 채 마네킹처럼 서 있었다.

최근에 유정 때문에 현에 대해 많이 생각하다 보니 그런 장면이 떠오른 걸까? 실제로 이런 장면을 본 적이 있었나? 왜 자꾸 이런 현상이 나타나는 걸까? 진을 한번 찾아가야 할까? 어쨌든 힘들어하는 현을 환영으로라도 보니 가을은 마음이 조금은 편했다. 유정의 100분의 1, 아니 1000분의 1만큼이라도 현이 힘들었으면 좋겠다.

약속 장소에 휴와 율이 먼저 도착해 있었다.

"가을아, 잘 지냈어?"

율이 손을 흔들어 가을에게 인사했다. 지난 구슬 전쟁 때 만나긴 했지만 그때는 경황이 없어서 제대로 인사를 하지 못했다.

"네가 유정이구나. 반가워. 나는 권율."

율이 유정에게 인사를 했고 유정도 율에게 인사를 했다. 가을은 유정이 흠칫 놀라는 걸 봤다. 율의 외모를 보고 놀란 듯했다. 가을도 처음 율을 봤을 때 여러 번 눈을 비볐다. 얼굴의 눈 코 입 비율이 너무 완벽해 그림 속에서나 존재할 것 같은데 눈앞에서 살아 움직이는 게 신기했다.

"유정아, 너 꼭 보고 싶었어. 구슬 전쟁 때 너희 둘 엄청 멋있었거든. 가을이랑 너랑 그런 작전을 짤 줄 누가 알았겠어? 나는 세상이 새로 만들어지는 줄 알았다니까."

율이 구슬 전쟁 때 일을 줄줄 읊는데 어찌나 묘사를 잘하는지 마치 눈앞에서 벌어지고 있는 것만 같았다.

"하여튼 너희 둘 활약이 엄청 대단했어. 그 이후로 어떤 영화를 봐도 시시하더라고."

보트를 타러 가면서도 율은 계속 가을과 유정을 칭찬했다.

"쟤 엄청 살랑거리는구나."

유정이 가을만 들을 수 있을 정도로 작게 말했다.

"어. 칭찬 제조기야. 그 덕분에 왕들한테 엄청 총애받았다는 이야기가 있어."

그 말에 유정이 쿡쿡 웃었다.

달 모양 보트는 2인용이었다. 가을이 유정과 타려고 하는데 율이 유정과 같이 타고 싶다고 했다.

"새로 만난 친구랑 친해져야지."

"그래."

가을은 유정이 불편해하는 것 같지 않아 흔쾌히 그러라고 했다. 유정과 율이 먼저 보트에 올랐고 그다음 보트에 가을이 휴와 함께 탔다. 달 보트는 오리 배처럼 발로 직접 운전하는 게 아니라 버튼을 누르면 됐다.

"율은 한국에 왜 온 거야? 두바이에서 지낸 지 한참 되었잖아."

두바이 왕족과 친해진 율은 그곳에서 왕족과 함께 사업을 하는 중이었다.

"내가 와 달라고 했어. 지난번 야호랑 회의 내용 이야기하니까 율이 관심을 보이더라고."

휴가 부탁하자마자 율은 곧바로 하던 일을 정리한 후 한국으로 들어왔다고 했다.

"너랑 정말로 친하구나."

"그치. 가을아, 너한테도 율이 도움이 될 거야."

휴는 언제든지 도움이 필요한 일이 있으면 자기나 율에게 말하라고 했다. 가을은 휴가 있어서 늘 든든했다.

배를 타고 난 후 점심을 먹고 노래방까지 다녀왔다. 율이 두바이에서 지낸 이야기를 들려주었는데 가을과 유정은 시간 가는 줄 모르고 들었다. 율은 수수 못지않은 재력을 갖추었는데, 수수는 늘 자기가 돋보이는 이야기를 들려주었다면 율은 마치 영화를 보는 것처럼 뒷이야기를 궁금하게 만들었다. 가을과 유정은 "그래서?", "어떻게 된 건데?" 하고 계속 물었다. 율이 하는 이야기를 듣는 내내 긴장했다가 웃다가 하다 보니 배가 고팠다. 결국 넷은 저녁까지 먹은 후 헤어졌다. 율은 자신이 가진 건 돈과 미모밖에 없다며 전부 다 사겠다고 했다. 평소의 휸는 얻어먹는 것을 좋아하지 않지만(심지어 수수한테도 자기가 샀다.) 율은 그러도록 내버려 두었다.

가을이 씻고 돌아왔는데 유정이 핸드폰을 보며 웃었다.

"뭐가 그렇게 재밌어?"

재미난 동영상이라도 보는 줄 알았는데 유정은 문자 메시지를 보고 있었다.

"아니, 율이. 얘, 되게 재밌다."

유정은 율이 한 말을 전하며 또 웃었다. 가을은 그런 유정을 보며 오늘 율과 넷이 만나길 잘했다고 생각했다. 유정이 이렇게 즐거워하는 모습은 오랜만이다. 현과의 일이 있은 이후로 유정은 계속 우울 모드였다.

"유정아, 아까 율이가 말한 거 어떻게 생각해?"

"뭐? 두바이 놀러 가자는 거?"

"아니. 그거 말고. 커밍아웃 말이야."

저녁 식사를 할 때 율은 이제 인간들도 타자에 대한 상상력이 많이 달라졌다며 야호랑의 정체를 세상에 밝히는 것에 대해 생각해 보자고 했다. 처음에 가을은 율이 농담하는 줄 알았다. 이제까지 한 번도 생각해 보지 못한 일이었으니까. 하지만 율은 진지했다. 율은 영원히 숨어 살아도 좋겠냐며 커밍아웃을 하는 게 야호랑에게도 유리한 점이 많을 거라고 했다. 가을은 이제까지 왜 야호와 호랑이 정체를 밝히지 않고 살았겠냐며 말도 안 된다고 율의 말을 일축했다. 그런데 휴가 뜻밖의 말을 했다. 처음부터 야호와 호랑이 정체를 숨겼던 건 아니라는 거였다.

본야호인 휴는 야호와 호랑이 처음 탄생했던 시기에 대해 이야기했다. 고조선이 처음 만들어졌을 때만 하더라도 인간은 야호족과 호랑족에 대해 알았다. 야호족과 호랑족은 인간과 동물의 능력을 동시에 지니고 있었기에 신의 대리인으로 여겨져 마을의 수장 역할을 맡기도 했다.

하지만 신비로움과 두려움은 동전의 양면과 같다. 신비롭기 때문에 두렵고, 두렵기 때문에 신비롭다. 언제부터인가 인간은 자신과 다른 야호와 호랑을 두려워하며 배척하기 시작했다. 신성시하던 분위기가 점차 사라지고 사람들에게 괴물로 인식되면서 야호와 호랑은 세상에서 존재를 감출 수밖에 없었다.

가을은 야호족이 된 이후의 삶을 떠올려 봤다. 인간과 다른 종족이라는 것을 들키지 않기 위해 오백 년을 넘게 도망 다니기만 했다. 왜 도망쳐야 하는지 누구에게도 진지하게 묻지 않았다. 단순히 인간이 싫어할 거라 생각해서 그랬을 뿐이다. 들키게 되면 인간은 괴물이라고 생각하는 존재를 가만두지 않을 테니까.

"계속 이름 안 바꾸고 쭉 살면 좋긴 하겠다. 나도 가끔은 내가 누군지 모르겠어."

유정이 씁쓸한 미소를 지으며 말했다. 가을은 유정의 말에 동의했다. 가을은 지금 가을로 살고 있지만 시간이 지나면 또 이름을 바꿔야 한다.

아까 헤어지기 전 율이 가을의 눈을 지그시 바라보며 말했다.

"가을아, 내 말 한번 잘 생각해 봐. 이제 세상이 변했어. 물론 인간은 우리를 여전히 두려워할 거야. 하지만 우리가 특별한 존재라는 것을 받아들이도록 만들면 돼. 나한테 우리를 안전하게 드러낼 방법이 있거든."

율의 갈색 눈동자를 보고 있으니 그 안으로 빨려 들어갈 것만 같았다. 순간 가을은 저도 모르게 율에게 "그러자."라고 대답할 뻔했다. 여우가 사람을 홀린다는 이야기는 율 같은 야호 때문에 생긴 게 분명하다. 가을은 머리를 여러 번 흔들어 생각을 털어 냈다. 세상에 야호랑의 정체를 드러낸다고? 말도 안 된다.

좋아하는 마음은 점점 더 커져 간다.
그래서 두렵기도 하다.
우리는 언제까지 함께할 수 있을까?

2부 너와
나의 거리

서희와 휴

가을은 평소처럼 수업이 끝난 뒤 유정과 신우와 함께 학교를 나왔다. 그런데 교문 앞에 아이들이 모여 웅성거렸다. 무슨 일이라도 생긴 걸까? 왜 아이들이 모여 있는 거지?

"드라마 촬영이라도 하나?"

유정이 궁금하다며 가을과 신우를 두고 앞서 뛰어갔다. 아이들이 모인 쪽으로 가을과 신우도 다가갔다.

아이들이 빙 둘러싼 곳에는 교복을 입은 여학생과 멋지게 차려 입은 남학생이 서 있었다. 그런데 왜 이리 익숙한 실루엣이지? 둘은 다름 아닌 유정과 율이었다. 율이 커다란 호랑이 인형을 유정에게 건넸다. 보고 있던 아이들이 꺅 소리를 질렀다. 가을은 유정이 인형을 받지 않을 거라고 생각했다. 유정은 현을 좋아하니까. 하지만 유정은 인형을 받아 꼭 끌어안았다.

"이게 뭐야?"

발그스름해진 얼굴로 유정이 묻자 율이 대답했다.

"이 인형 보자마자 네가 생각나서."

지켜보는 아이들이 마치 관객처럼 "대박.", "뭐래?" 하는 말들을 주고받았다. 여기저기서 율이 멋지다고 난리였다.

"저 애가 율이야?"

신우가 물었고 가을은 고개를 끄덕였다. 지난번 유정과 함께 보트를 타고 온 이야기를 하면서 율에 대해서도 신우에게 이야기했다.

유정이 호랑이 인형을 끌어안은 채 가을에게 다가와 말했다.

"가을아, 율이 맛있는 거 사 준대. 같이 가자."

"아냐. 난 괜찮아."

가을은 바로 거절했다. 가을은 눈치만큼은 백단이었다.

유정을 뒤따라온 율이 불쑥 신우에게 말을 걸었다.

"안녕하세요, 권율이에요. 가을이 남친이시죠? 이야기 많이 들었어요."

"네, 저도 가을이에게 이야기 들었어요. 반가워요."

신우는 조금 당황하긴 했지만 차분하게 율에게 인사했다.

"다음에 같이 만나요. 오늘은 유정이랑 먼저 갈게요."

유정은 가을에게 이따가 집에서 보자고 말한 후 율과 함께 갔다.

지켜보던 반 아이들이 가을에게 다가와 방금 그 남자가 유정이 짝사랑하는 상대냐고 물었다.

"아니야. 그냥 아는 사람. 친구야, 친구."

가을의 대답에 아이들은 그럴 리가 없다고 반응했다.

"친구가 왜 인형을 줘?"

"쟤가 원래 뭐 주는 거 좋아해."

가을은 더 궁금한 건 내일 유정한테 직접 물어보라고 말했다.

버스 정류장을 향해 걸어가는데 신우가 물었다.

"율이가 가을이 너한테도 인형 준 적 있어?"

"아니. 인형은 아니고 먹을 거. 떡이랑 육전 같은 거."

"인형 선물은 좀 이상하지 않아?"

"그런가?"

율은 워낙 다른 야호에게 이것저것 잘 사 주고 베푸는 편이었다. 율은 다양한 방식으로 야호들에게 호감을 얻었는데 그중 하나가 선물이었다.

"인형은 보통 연인한테 주는 거 같은데?"

"유정이가 호랑족이니까 유정이한테 준 걸 거야. 여우 인형이면 나한테 줬을지도 몰라."

가을은 별거 아닌 것처럼 말했지만 유정을 바라보는 율의 눈빛이 그렇지 않다는 걸 알고 있었다. 가을은 율이 한국에 돌아온 게 여러모로 엄청 신경 쓰였다.

"할머니, 나 왔어."

집에 돌아와 보니 할머니가 못 보던 옷을 입었다.

"옷 샀어?"

"어. 그리고 이거 받아라."

할머니가 용돈이라며 흰 봉투를 건네주었다.

"갑자기 용돈은 왜?"

"드디어 내가 수익을 거뒀지 뭐냐."

할머니는 1년 넘게 마이너스만 기록하던 주식이 많이 올라 매도를 했다며 자랑했다. 봉투가 꽤 두툼했다. 가을이 꺼내 봐도 되느냐고 묻자 할머니는 그러라고 했다.

"신우랑 데이트할 때 써."

용돈은 생각보다 더 많았다. 할머니에게 이렇게 많은 용돈을 받은 건 처음이다. 신우와 맛있는 것도 먹고 신우에게 선물도 사 줘야겠다. 곧 있으면 신우 생일이다.

"할머니, 지성이면 감천이라더니. 드디어 하늘이 할머니의 노력에 감동했나 봐."

할머니가 투자를 해서 수익을 거두는 날이 다 오다니 가을은 절로 그 속담이 떠올랐다. 하지만 할머니가 손을 내저으며 말했다.

"감동은 무슨. 다 율이 덕분이지."

"율이?"

"율이가 알려 준 대로 했더니 며칠 만에 바로 수익 난 거 있지? 내가 조금만 할까 하다가 율이 믿고 과감하게 했지. 하여튼 그 녀석 똘

똘한 건 알아줘야 한다니까."

할머니는 기분이 좋은지 계속 싱글벙글했다. 가을은 봉투를 내려다봤다. 이것도 율이 준 거나 마찬가지다.

"할머니, 나 그만 올라갈게."

봉투를 든 가을은 터덜터덜 2층으로 올라갔다. 율은 가을네에게 고마운 야호다. 다른 야호들이 가을네를 외면할 때도 율만큼은 그러지 않았으니까. 율은 가을네 형편이 어려워지면 언제나 나서서 도와줬다. 엄마가 상황이 나아져 빌린 돈을 갚으려고 해도 율은 절대 받지 않았다. 영빈이 유학을 갈 때도 율의 도움을 받았다.

가을이 율을 자주 만났던 건 아니다. 율은 오랜 옛날부터 한국보다는 외국에 더 많이 머물렀다. 그런데 가을은 율이 한국으로 돌아오면 불안했다. 율이 오고 나면 늘 휴가 율과 함께 멀리 떠났으니까. 가을은 멍하니 침대에 걸터앉아 예전 일을 떠올렸다.

서희는 개울가에서 빨래를 하다가 휴가 달려오는 걸 보았다. 서희는 휴에게 돌부리를 조심하라고 소리쳤다.

손에 종이를 움켜쥔 휴가 헉헉거리며 숨을 몰아쉬었다.

"왜 그렇게 신났어?"

"율이가 온대. 청나라에서 서신을 보내왔어. 일본에 가기 전에 들른다고."

율이 청나라에 간 지 20년이 흘렀다. 율은 조선에서 섬기던 왕이

승하한 후 청나라로 가서 무역상을 하고 있었다.

"율이 오는 게 그렇게 좋아?"

"그럼. 좋고말고. 율이 없어서 얼마나 심심했는데."

서희는 휴의 말에 조금 섭섭했다. 자신이 있는데도 심심하다고 하다니. 율만 친구고 나는 아닌가 싶었다.

"당연히 네가 있어서 좋지. 너도 있고 율이도 있으면 더 좋겠다는 거야."

서희의 마음을 알아차린 휴가 얼른 덧붙였고 서희의 서운한 마음이 눈 녹듯 사라졌다.

"손 시리겠다. 헹구는 건 내가 할게."

휴가 빨랫감에 손을 대려고 해서 서희는 얼른 저지했다. 자신의 속옷도 있는데 휴에게 맡기는 건 부끄럽다.

"아냐. 내가 할 거야."

서희는 빨래를 마저 한 후 손으로 꾹 짜서 물기를 말렸다. 물이 차서 손가락 끝이 얼얼했다.

"줘. 내가 들게."

휴가 무겁다며 바구니를 들어 주었다. 개울에서 집까지는 한참을 걸어야 한다. 서희네는 올 초에 이곳으로 이사를 왔다. 마을에는 살 만한 집이 없어 산 아래에 홀로 떨어진 지금 집을 얻었다. 서희네 가족은 한곳에서 5년 이상을 지내지 않는다. 동네 사람들이 늙지 않는 서희네 세 모녀를 수상하게 생각하지 않을 때까지만 머문다. 휴에게 듣기로 야호족끼리 모여 살 때도 있었지만 인간에게 야호족 마을의 정체를 들킬 뻔한 뒤 뿔뿔이 흩어져 산다고 했다. 서희네는 주로 령과 휴를 따라다녔다.

"원재 도령은 요즘도 계속 찾아와?"

서희는 고개를 끄덕이는 것으로 대답을 대신했다.

원재 도령은 서희네에게 논을 빌려준 윤 대감집 아들이다. 이 고을 땅 대부분은 원재 도령네 소유다.

"원재 도령이 그렇게 좋아?"

"아냐, 그런 거. 그냥 친구야. 너도 같이 놀래? 원재 도령 착해."

처음 서희는 원재 도령이 말을 걸 때마다 피하기 급급했다. 성별도 다르고 신분도 차이가 나서 친해질 수 없다고 생각했다.

하루는 엄마와 할머니를 따라 윤 대감네 집에 인사를 하러 갔다. 대감을 기다리는데 마루에 서책이 보였다. 슬쩍 들춰 보는데 원재 도령이 다가왔다. 서희는 서둘러 책을 원래 자리에 내려놨다. 원재 도령은 서희에게 글을 읽을 줄 아느냐며 빌려 가겠냐고 물었다. 자신은 이미 다 읽었고 다른 책도 많기에 빌려줄 수 있다고 했다. 책이 보고 싶은 마음에 서희는 거절하지 못했다. 그 이후로 원재 도령이 몇 번 더 책을 빌려주었고 같이 책 이야기도 하고 산책도 하며 말동무로 지내고 있다.

휴는 뜸을 들이다가 서희에게 물었다.

"원재 도령이 말 안 해?"

"무슨 말?"

"원재 도령 한양 간다고 하던데."

"한양에는 왜?"

"과거 시험 보러."

서희는 원재 도령에게 그런 이야기는 듣지 못했다. 그런가 보지 뭐, 하고 대수롭지 않게 말했지만 마음이 아렸다.

그날 원재 도령이 새로 구한 서책을 빌려주겠다며 찾아왔다. 서희는 앞으로 서책을 빌려주지 않아도 된다고 말했다. 서책이 귀하기도 하고 윤 대감이 알면 싫어하실 거라며 이제 괜찮다고 했다.

"나는 이미 다 본 거야. 같이 보면 좋잖아. 왜? 지난번 빌려준 서책이 재미없었어?"

"저는 매번 빌리기만 하니까 미안해서요."

"그 덕분에 나는 너랑 이렇게 대화도 하고 좋은걸? 나는 서책이 얼마나 고마운지 몰라. 그거 아니었으면 서희 네가 나를 상대나 해 줬겠어? 이번 서책 아주 재밌어."

서책 앞에 '사씨남정기'라고 적혀 있었다.

"이 책은 언문으로 되어 있네요?"

"응. 그래서 더 잘 읽히고 재밌더라고."

원재 도령은 잠시 머뭇머뭇하다가 말을 이었다.

"앞으로 너한테 서책 빌려줄 날도 얼마 안 남았어."

서희는 원재 도령에게 왜 그러냐고 묻지 않았다. 이미 휴에게 들어서 알고 있었으니까.

"서희야, 나 한양 가기로 했어."

"잘되었네요."

"너는 내가 가는 게 아무렇지도 않아?"

서희는 아무 말도 하지 않았다. 서운하게 생각하는 게 더 이상한 일이다. 원재 도령은 인간이고 서희는 야호다. 둘은 언젠가는 헤어져야 한다. 원재 도령이 한양에 가는 게 문제가 아니었다.

서희는 인간에게 마음을 주지 않으려고 부단히 노력했다. 괜찮다. 괜찮아야만 한다. 괜찮지 않으면 어쩔 거야. 서희는 일부러 원재 도령을 바라보지 않았다. 하지만 원재 도령은 서희 바로 앞으로 와 서희와 눈을 마주치고 또박또박 말했다.

"서희야, 나 열심히 할 거야. 그래서 과거에 급제하면 곧바로 아버지한테 말씀드려서 널 데리러 올게."

원재 도령의 말에 서희는 간신히 묶어 두었던 마음이 풀리고 말았다. 자기도 모르게 원재 도령에게 약조하는 거냐고 물었다. 한양으로 같이 가자는 말은 혼인을 의미했다.

서희는 원재 도령과의 일을 령에게만 살짝 이야기했다. 서희는 령에게 숨기는 게 없었다.

"서희야, 원재 도령이 그렇게 좋아?"

령의 물음에 서희는 수줍게 고개를 끄덕였다. 얼마 만에 가까워진 사람인지 모른다. 령과 휴가 있어도 서희는 외로울 때가 많았다. 령이 서희의 손등을 쓰다듬으며 말했다.

"미안해, 서희야. 내가 너에게 너무 큰 짐을 지게 만들었구나."

"아냐. 령 님이 나랑 엄마, 할머니를 살렸잖아."

서희는 령을 원망한 적이 단 한 번도 없다. 가끔 야호로 언제까지 살아야 할지 막막할 때가 있지만 령이 살려 준 건 진심으로 고맙다. 하지만 령은 서희에게 자주 미안하다는 말을 했다.

"령 님. 사실 원재 도령은 내가 야호가 되고 처음으로 좋아하게 된 사람이야. 원재 도령과 함께할 새로운 생활을 생각하면 너무 설레."

서희는 자연스레 원재 도령과의 미래를 꿈꾸게 되었다. 령에게 인간과 사랑에 빠진 야호들은 어떻게 사느냐고 물었다.

"사랑하는 이가 죽을 때까지 둔갑을 하며 잘 지낸 이도 있었고, 그렇지 못한 야호도 있었단다."

사람들이 흔히 아는 구미호 이야기는 정체를 들킨 야호로부터 나왔다. 물론 사람의 간을 빼먹는다는 것은 완전히 잘못 알려진 사실이다. 야호는 사람의 간이 아니라 구슬이 있어서 영생할 수 있다. 간을 먹는다는 건 얼토당토않은 이야기다.

"서희야, 가장 사랑하는 사람에게까지 비밀을 가져야 한다는 게 쉽지 않을 거야. 많은 야호들이 결국 자신의 정체를 털어놓고 말더라고. 그런데 사람 혼자서는 감당하기 어려운 비밀인 건지 입 밖으로 꺼내는 순간 다른 사람에게 알려지는 건 순식간이더라. 둘이 아무리 서로를 사랑한다고 해도 비밀이 밖으로 새 나가는 순간 둘의 관계는

깨질 수밖에 없어. 그러니까 서희야. 원재 도령에게는 절대로 우리의 비밀을 말하지 마. 그리고 언제든 어려운 일이 생기면 나를 찾아와. 알았지?"

한양 갈 날을 앞두고 원재 도령은 더 자주 서희를 찾아왔다. 해가 진 뒤에 찾아오는 날도 많았지만 서희는 그런 날이면 도령을 집 앞에서 돌려보냈다. 아직은 밤이 무서웠다. 언제 또 범녀가 보낸 자객이 찾아올지 모르니까. 낮에도 마음만 먹으면 언제든 찾아와 해코지를 할 수 있겠지만 사람들에게 정체를 들키면 안 되는 건 호랑족도 매한가지니 낮에는 조심할 수밖에 없었다. 가을은 매번 원재 도령에게 만날 수 없다고 거절하는 게 미안했지만 어쩔 수 없었다.

그런데 원재 도령이 한양으로 떠나기 열흘 전부터 찾아오지 않았다. 서희에게 인사도 없이 떠난 건가 싶어 서운했는데 동네에 이상한 소문이 돌기 시작했다. 원재 도령이 구렁이를 만나 실성했다는 거였다. 도대체 무슨 일이 생긴 거지?

서희는 동네를 오가며 만난 원재 도령의 친구들에게 용기를 내어 소식을 물었지만 다들 모른다고만 했다. 그런데 하나같이 그 표정이 이상했다. 서희는 할머니에게 원재 도령의 집에 가 봐 달라고 부탁했다. 할머니가 소식을 듣고 와 전해 주었다.

"진짜로 원재 도령이 한양에 가지 않았다네."

원재 도령 집에서 일하는 하인들의 말에 따르면 원재 도령이 집에 누워만 있다고 했다. 한밤중에 묘령의 여인을 따라갔는데 알고 보니 여인이 아니라 구렁이였고, 구렁이에게 먹힐 뻔해 정신이 나갔다는 거였다. 원재 도령 부모는 어떻게든 그 일을 숨기려고 했지만 알음알음 소문이 퍼졌다.

원재 도령은 한 스님을 따라 절에 들어가서 지내기로 했다고 한다. 서희는 원재 도령이 떠나는 날 찾아갔다. 하지만 원재 도령은 서희를 알아보지 못했다. 정신을 놓아 버린 원재 도령은 눈에 흰자위만 가득했고 침까지 질질 흘렸다.

서희가 한참 원재 도령 일로 힘들어하고 있는데 휴가 조선을 떠나겠다고 했다. 율을 따라 왜나라에 갔다가 당분간 청나라에서 무역을 배우며 지내겠다고 했다.

"너까지 가 버리면 어떡해."

서희는 휴에게 가지 않으면 안 되느냐고 물었다.

"서희야, 조금만 있다가 올게. 반드시 돌아올 거야. 그러니 걱정하지 마."

휴가 서희를 달랬지만 서희는 휴 없이 지낼 생각을 하니 속이 상했다. 결국 울음을 터트렸고 휴는 시간이 금방 갈 거라며 서희를 토닥였다.

휴가 떠나기 하루 전이었다. 율이 청나라에서 가져온 선물을 들고 서희네 집을 찾아왔다. 조선에서 구할 수 없는 화장품과 장신구, 간식을 보고 엄마와 할머니는 함박웃음을 지었다. 하지만 서희는 율이 조선으로 온 게 못마땅했다.

서희는 율을 배웅한다며 따라 나갔다.

"너 도대체 왜 온 거야? 그냥 조용히 있다가 가지. 왜 가만히 있는 휴에게 바람을 넣어?"

휴가 끝끝내 떠나겠다는 마음을 돌리지 않자 서희는 율에게 화를 내고 말았다. 휴를 데려가는 율이 괜히 미웠다.

"사실 휴는 청나라에 가고 싶어 하지 않아."

율이 한숨을 쉬며 말했다. 서희는 율의 말을 이해할 수 없어 되물었다.

"무슨 소리야? 그럼 휴가 너를 왜 따라가?"

"너 정말 모르는 거야? 휴가 왜 나랑 같이 떠나게 된 건지?"

"그건 네가 가자고 하니까 그런 거잖아."

"너 진짜 모르는구나."

율은 말을 할까 말까 망설이다가 서희가 계속 꼬치꼬치 묻자 털어놓았다.

"휴가 가고 싶어서 가는 게 아니라고. 령 님에게 벌을 받아 가는 거지."

"벌이라니? 휴가 무슨 잘못을 했다고?"

율은 뜬금없이 원재 도령의 이야기를 꺼냈다. 서희는 원재 도령을 어떻게 아느냐고 물었지만 율은 우선 들어 보라고 했다.

휴는 관아에서 열리는 잔치에 갔다가 원재 도령이 친구들과 서희에 대해 말하는 것을 우연히 들었다. 원재 도령은 서희를 한양에 데려갈 마음이 조금도 없었다. 그저 서희를 꾀어 내기 위한 거짓말이었다. 서희가 쉽게 넘어오지 않지만 한양에 가기 전에 어떻게든 일을 치를 거라고 자신만만하게 말했다. 원재 도령은 서희를 낮고 천박한 사람 취급하며 떠들어 댔다는데, 광대 뺨칠 정도로 율이 그 말을 똑같이 흉내 내는 바람에 서희는 더 화가 났다.

"휴가 그 녀석을 혼내 주려고 어여쁜 여인에서 구렁이로 둔갑한 거야."

원재 도령네 하인들이 하는 이야기가 어느 정도 맞았다. 휴는 살짝 겁만 줄 생각이었다는데 원체 담이 약한 원재 도령이 정신을 놓고 말았고, 그 사실을 알게 된 령이 휴에게 추방령을 내린 것이다. 휴는 율에게 이 일은 절대 서희가 알면 안 된다고 신신당부했다. 하지만 율은 자신이라도 말해 줘야 할 것 같아 찾아온 거라며 휴 앞에서는 끝까지 모른 척하라고 말했다.

서희는 휴에게 고맙다고 말할 수도 휴를 붙잡을 수도 없었다. 휴는 원재 도령이 어떤 마음으로 서희에게 접근했는지 서희가 끝까지 모르기를 바랐을 테니까. 휴는 매번 그랬다. 서희의 일이라면 언제든 가장 먼저 나서 주었다. 설령 령에게 혼이 나거나 벌을 받는 일이라고 해도. 휴가 있다는 것만으로도 서희는 든든했다. 그 후로 서희는 두 번 다시 원재 도령의 이야기를 입 밖으로 꺼내지 않았다.

고백

가을은 신우와 함께 저녁을 먹은 후 식당에서 나왔다. 소화도 시킬 겸 산책을 하려고 하는데 여행 중인 엄마에게 전화가 왔다.

"가을아, 지금 어디야?"

전화를 받자마자 대뜸 엄마가 물었다. 엄마는 노트북에 있는 문서를 메일로 보내 줄 수 있느냐고 물었다. 엄마는 여행 중에는 절대로 일을 하지 않겠다며 일부러 노트북을 가져가지 않았다.

"지금 바로 우리 집으로 갈 수 있어?"

"어."

엄마가 집 비밀번호를 메시지로 보내 줬다. 가을은 신우에게 사정을 설명했다. 신우와 조금 더 있고 싶었는데 엄마가 되도록 빨리 해달라고 부탁했다.

"가을아, 그럼 나도 같이 갈까?"

"그럴래? 잠깐 메일만 보내면 돼."

가을은 신우와 같이 엄마 집으로 갔다. 조심스럽게 현관문을 열었다. 결혼식 전에 한 번 와 본 적이 있긴 하지만 신혼집으로 꾸민 후로는 처음이다.

"신우야, 소파에 잠깐만 앉아 있어. 얼른 할게."

가을은 서재로 들어가 엄마 노트북을 찾았다. 엄마가 알려 준 대로 파일 탐색기에서 문서를 찾았다. 엄마에게 메일을 보낸 후 확인하라고 메시지를 보냈다. 잠시 후 엄마에게 고맙다고 답이 왔다.

거실로 나가 보니 신우는 어색하게 소파에 앉아 있었다. 주인 없는 집에 있으니 조금 불편한 것 같았다.

저녁으로 먹은 로제 파스타가 짰는지 목이 말랐다. 가을은 주방으로 들어가며 신우에게 물었다.

"신우야, 뭐 마실래?"

신우가 아무거나 다 괜찮다고 해서 가을은 탄산수 두 병을 가지고 나왔다. 신우에게 탄산수를 건넨 후 옆에 나란히 앉았다. 이것만 마시고 가야겠다.

"집이 정말 예쁘다."

"엄마가 인테리어에 신경 많이 썼거든."

집 여기저기에서 엄마가 공들여 꾸민 게 느껴졌다. 엄마는 작은 꽃병부터 큰 가구까지 직접 발품을 팔아 세심하게 골랐다.

"저기."

신우가 거실 장 위를 가리켰다. 거기에는 신우가 선물한 기러기 인형이 있었다. 마주 보고 있는 기러기는 매우 사이좋아 보였다. 가을은 하트 쿠션을 안은 후 신우 어깨에 기댔다. 누가 봐도 신혼집인 것처럼 사랑스러운 소품들이 많았다.

"엄마가 좀 부러운걸."

가을은 절로 그 말이 나왔다.

"우리도 나중에 집 이렇게 예쁘게 꾸미면 되지."

신우의 말을 듣자 가을은 콩닥콩닥 가슴이 뛰기 시작했다. 여기가 엄마 집이 아니라 가을과 신우의 신혼집이면 어떨까? 상상하는 것만으로도 가을의 마음은 설렘으로 가득 찼다.

"가을아, 나는 널 만나기 전에는 기대라는 걸 모르고 살았어. 기다리는 것도 없고 기대되는 것도 없었거든. 그런데 지금은 아니야. 나는 매일 밤 잠들면서 내일을 기대해. 너를 만날 수 있으니까. 너는 나에게 내일을 꿈꾸게 만들어 줬어. 너는 나의 오늘이자 내일이야."

가을은 신우를 처음 만났던 2년 전이 떠올랐다. 신우는 고슴도치처럼 잔뜩 가시를 세운 채 홀로 외롭게 서 있었다. 그때는 신우가 이렇게 해사하게 웃을 수 있는 줄 몰랐다. 신우만 가을을 만나 달라진 게 아니다. 가을도 신우를 통해 많은 감정을 알게 되었다. 생각하는 것만으로 웃음이 나오는 사람을 만날 줄 몰랐다. 신우는 가을이 지키고 싶은 가장 소중한 존재다.

"가을아, 정말 신기한 거 있지?"

"뭐가?"

"나는 어제보다 오늘 네가 더 좋아. 매일 그래. 아마 내일은 오늘보다 너를 더 사랑할 거야."

순간 가을은 신우가 자신의 마음을 읽고 있는 건가 싶었다. 가을도 신우와 똑같은 생각을 하고 있었으니까. 신우를 좋아하는 마음은 점점 더 커져 간다. 그래서 가을은 두렵기도 하다. 가을은 신우와 언제까지 함께할 수 있을까? 지금처럼 둔갑을 하며 신우가 자라는 걸 따라가면 되는 걸까? 10년 후, 20년 후에도 그게 가능할까? 그 생각을 하자 가을의 장밋빛 미래에 먹물이 한 방울 뚝 떨어져 번졌다.

물을 마시러 1층에 내려온 가을은 현과 마주쳤다. 현은 주방 식탁에 앉아 사과를 먹고 있었다. 현이 가을을 힐끔 보며 물었다.

"유정이는 어디 갔어?"

"아, 유정이? 유정이는 율이 만나러 갔어. 왜 지난번에 엄청 큰 호랑이 인형 준 그 율이 말이야. 율은 야호족 중에서도 잘생긴 걸로 유명해. 유정이 그런 율이랑 뮤지컬을 본다는 거 있지? 오픈되자마자 금방 매진되어서 표 구하기 엄청 어려운 뮤지컬이라는데 율이가 구했나 봐. 율이가 능력이 있거든."

가을은 율의 이름을 말할 때마다 일부러 더 크게 강조했다.

"그래?"

현은 아주 짧게 대꾸했다. 아, 너무 장황하게 말했나. 현은 유정이 누구랑 뮤지컬을 보든 말든 별 신경을 쓰지 않는 것 같았다. 가을은 유치하게 군 게 부끄러웠다.

"근데 너는 일요일인데 왜 집에 있어? 신우 안 만나? 설마 너희 헤어졌어?"

"무슨 헛소리야? 신우 스터디 모임 있어. 그리고 어제 만났거든."

"그래."

가을이 흥분해 말했지만 현은 또 짧게 대답한 뒤 접시를 치우고 방으로 들어가 버렸다.

가을은 현이 들어간 방을 가만히 바라봤다. 현은 정말 아무렇지도 않은 걸까? 유정이 다른 남자에게 인형 선물을 받아 오고, 같이 뮤지컬을 보러 갔는데도? 현이 아무렇지 않은 척하는 것처럼 보이는 건 왜일까?

가을이 가만히 생각에 잠겨 있는데 핸드폰 벨이 울렸다. 호랑이도 제 말 하면 온다더니 유정이다. 가을은 전화를 받았다. 유정은 집 앞으로 잠깐 나와 줄 수 있느냐고 물었다. 왜 그러냐고 묻자 하여튼 나와 보라고 했다. 율이 이번에는 더 커다란 걸 선물로 주어서 혼자 들고 오지 못하는 걸까? 가을은 겉옷을 챙겨 입은 후 바깥으로 나갔다. 이제 아침저녁으로 날씨가 꽤 쌀쌀했다.

대문 옆 담벼락에 유정이 기대어 서 있었다. 가을의 예상과 달리 유정은 손에 아무것도 없었다.

"뭐야? 왜 나오라고 했어?"

가을이 묻자 유정은 가을 어깨에 팔을 올린 후 가을을 끌다시피 데려갔다.

"가을아, 나 할 말 있어."

"집에서 하면 되잖아."

유정은 대답 대신 길게 한숨을 내쉬었다. 가을은 도대체 무슨 일인지 궁금했다. 유정은 말없이 계속 걷기만 했다.

"언제까지 걸어? 나 다리 아파."

유정은 뒤를 돌아봤다. 가을도 유정을 따라 뒤돌아보았지만 아무것도 없었다.

"나 말이야……."

"너, 뭐?"

"율이한테 고백받았어."

유정의 말이 끝남과 동시에 가을은 에취, 하고 재채기를 했다. 아, 율이는 가을의 예상보다 더 큰 걸 유정에게 주었다. 그래서 유정이 집에 들어올 수 없었던 거였다.

유정이 춥냐고 물었고 가을이 고개를 끄덕였다. 둘은 근처 편의점에 들어가 각자 좋아하는 과자와 따뜻한 음료수를 골랐다. 가을이 꿀유자차를 골랐는데 유정이 물끄러미 가을의 손을 바라봤다.

"그거, 현이가 만들어 주던 건데."

가을은 아차 싶어 꿀유자차를 도로 온장고에 넣은 후 밀크티를 집었다.

둘은 편의점 의자에 앉았다. 가을은 천천히 음료수를 마시며 유정의 표정을 살폈다. 세상 단순한 유정의 표정이 오늘만큼은 무척 복잡해 보였다. 가을이 밀크티를 한 모금 마신 후 물었다.

"율이가 너보고 사귀재?"

유정이 고개를 끄덕였다. 율의 고백이 뜬금없는 건 아니다. 율은 거의 매일같이 유정을 만나러 왔다. 아무리 친한 친구라고 해도 그렇게 매일 만나기는 어려울 거다.

유정이 길게 숨을 내쉰 후 말했다.

"가을아, 나는 현이밖에 없다고 생각했거든. 내 삶의 이유가 현이라고 생각했으니까."

"알지."

"근데 율이랑 있으면 너무 재밌다? 내가 계속 웃고 있는 거 있지. 율이는 내가 너무 좋대. 누군가를 이렇게 좋아해 본 건 2천 년 만에 처음이래."

"그건 맞을 거야."

이제까지 율이 연애했다는 이야기는 못 들어 봤다. 율은 연애보다는 정치에 더 관심이 많았다. 야호족 사이에서 율이 무성애자라는 소문이 돌기도 했다.

"율이는 나를 만나려고 2천 년을 넘게 기다렸던 것 같다고 했어."

유정의 얼굴이 발갛게 변했고 듣고 있는 가을까지 마음이 다 콩닥거렸다. 그러다가 가을은 정신을 차렸다. 그 말을 한 이는 다름 아닌 율이다, 율! 흥, 율은 그런 식으로 셀 수 없이 많은 왕과 재벌의 환심을 샀겠지.

"현이랑 있으면 좀 긴장되거든. 지금 현이의 기분이 어떤지 현이가 괜찮아야 하는데 그러면서 계속 신경이 쓰이는데, 율이랑 있으면 안 그래."

"그래서 네 마음은 어떤데? 율이야? 현이야?"

"흠, 모르겠어. 반반이라고나 할까."

"치킨이야? 반반이게? 한 명만 골라."

가을은 율의 고백보다 유정의 반응이 더 의외였다. 늘 현만 바라보던 유정의 마음에 율이 조금이라도 들어왔다는 게 놀라웠다.

"둘 다 좋아하면 안 되겠지?"

"좋아하는 거야 상관없지. 둘 다 좋아할 수는 있어. 아이돌 여러 명을 동시에 좋아할 수도 있잖아. 문제는 율과 사귀게 되면 현을 좋아하면 안 된다는 거야."

가을은 유정에게 마음을 정하라고 했다.

"하지만."

"너 자꾸 하지만 하지만 하고 딴지 걸래? 입장 바꿔서 생각해 봐. 너는 현이가 너와 사귀면서 다른 여자를 좋아해도 괜찮아?"

가을은 유정에게 버럭 소리를 질렀다.

"아, 이해가 확 된다. 당연히 안 되지. 하지만 한 명만 선택하기 너무 어려운데…… 나도 연애는 꼭 해 보고 싶어."

유정의 말에 가을은 더 이상 할 말을 잃고 말았다. 유정은 모태솔로였다.

십 대 아이들이 겨우 10년을 넘게 살았으면서 모태까지 붙이면서 연애를 못 해 봤다고 말하는 건 우습다. 하지만 유정은 오백 년을 넘게 살면서 연애를 한 번도 하지 못했다. 유정이야말로 충분히 모태솔로라는 말을 쓸 자격이 있었다.

유정이 다시 한번 낮게 숨을 내쉰 후 말했다.

"율이를 만난 지 얼마 되지 않았지만 율이만큼 나를 좋아해 주는 상대는 처음이야. 그런데 현이만큼 내가 좋아하는 상대는 또 없을 것 같고."

내가 좋아하는 이와 나를 좋아하는 이. 이 둘이 일치하면 얼마나 좋을까. 하지만 그러지 않기에 고민이 되는 거겠지. 이건 어렵고 또 어려운 문제다.

둘은 한참을 이야기했지만 결론은 내릴 수 없었다. 결국 과자 두 봉지만 깨끗하게 비운 뒤 집으로 돌아왔다.

푹 자고 일어난 가을이 기지개를 켜는데 유정이 옆 침대에서 불렀다. 가을은 유정을 보고 놀라서 도로 뒤로 누울 뻔했다.

"뭐야, 너? 설마 못 잤어?"

유정은 잠옷 차림으로 침대에 우두커니 앉아 있었다.

"잠이 안 와서 그냥 누워만 있었어."

유정의 눈이 퀭했다. 고민하느라 잠을 하나도 자지 못했다고 했다. 뜬눈으로 밤을 샜다는 말이 이래서 나왔구나 싶었다.

유정이 한숨을 내쉬었다.

"가을아, 나 어떡하지?"

"당장 결정해야 하는 건 아니잖아."

"나 이 상태로 더 못 버티겠어. 어떻게든 결정을 해야 될 것 같아."

가을은 유정에게 학교를 갈 수 있겠느냐며 오늘은 하루 쉬는 게 좋겠다고 권했다. 하지만 집에 있으면 현과 마주칠 수밖에 없다. 유정은 그러면 더 고민될 것 같다며 학교에 가겠다고 일어났다.

학교 가는 길에 유정은 머리가 터질 것 같다며 자기 머릿속에서 무슨 일이 생긴 게 분명하다고 했다. 유정이 병원에 가겠다고 해서 가을은 소용없다고 말해 주었다.

"가을아, 햄릿이 이런 마음이었을까."

"그건 좀 다른 것 같은데."

"아냐. 내가 지금 그래. 죽느냐 사느냐. 현이냐 율이냐. 율이냐 현이냐. 아, 그것이 문제로다."

가을은 혼자 중얼거리는 유정을 끌다시피 하여 교실로 데려왔다.

유정을 본 반 아이들도 무슨 일이 있느냐고 물었다. 유정은 지금 그 이야기를 하면 1박 2일이 걸린다며 말을 아꼈다.

"유정이한테 무슨 일 있어?"

신우마저도 유정의 일을 궁금해했다. 가을은 나중에 말해 주기로 하고 자리에 앉았다.

1교시는 국어였다. 오늘 수업 주제는 판소리계 소설이다. 대부분 아이들은 실생활에서 판소리를 접해 본 적이 없지만 조선 시대에 태어난 가을은 다르다. 그 시절 옆집에 판소리를 잘하는 언니가 살았다. 나이는 엄마만큼 많았지만 꼭 자기를 언니라고 부르라고 했다. 그 언니 목소리가 참 구성졌는데.

선생님이 판소리계 소설에 대해 설명했다.

"판소리는 원래 열두 작품이 있었는데 그중에서 다섯 작품만 판소리로 연행되고 있어. 판소리계 소설은 판소리의 특징이 이야기에 나타나는 소설을 말해. 다들 들어 본 적 있을 거야.『춘향전』,『흥부전』,『심청전』,『토끼전』,『적벽전』이렇게 다섯 작품이야."

가을은 수업 내용을 열심히 적었다. 가을은 필기를 꼼꼼하게 하는 편이다. 신우도 가을을 따라 과목마다 필기를 하면서 공부에 도움이 되었다면서 여전히 열심히 필기를 했다.

선생님이 각 작품에 대해 간략하게 특징을 설명했다. 가을은『춘향전』에 대한 설명을 들으면서 원재 도령을 만났던 그 시절을 떠올렸다. 판소리는 따로 작가가 없지만 처음 이야기를 지은 사람은 있다.「춘향가」의 원래 이야기를 만든 게 엄마였고 그 씨앗은 바로 서희와 원재 도령이다. 엄마는 가을이 서희였던 시절에 만난 원재 도령과의 일화로 새로운 이야기를 만들었다. 만약 원재 도령이 과거에 합격해서 돌아오면 어떤 일이 생길까? 그사이에 서희를 흠모하는 이가 생겼다면 무슨 일이 벌어질까? 그렇게 만들어 낸 이야기가 다른 사람들을 통해 각색되고 각색되어 「춘향가」가 되었다.

나중에 가을과 할머니가 엄마에게 물은 적이 있다. 춘향의 이야기를 판소리꾼에게 쌀 두 말에 팔았는데 아쉽지 않느냐고. 그때 저작권이 있었으면 떼돈을 벌었을 거라고. 하지만 엄마는 처음 만든 이야기보다 덧붙여지고 각색된 게 많아서 자신이 만든 이야기라고 말하기 어렵다고 했다. 원래 엄마가 만든 이야기에서 춘향은 기생의 딸도 아니었고 이몽룡의 암행어사 출두 장면도 없었다.

가을은 수업을 듣는 중에 유정 쪽을 바라봤다. 웬일이지? 수업 시간에 늘 자던 유정이 오늘은 깨어 있었다. 유정은 인상을 쓰고 있다. 지금도 계속 고민 중인가 보다.

슬픔

　수업이 모두 끝난 후 가을은 가방을 챙겨 신우와 함께 나왔다. 오늘 신우의 학원 수업이 저녁에 있어서 둘은 학교 근처에 새로 생긴 카페에 가기로 했다.

　"유정이는 왜 먼저 간 거야?"

　"아, 율이 만난다고."

　"그럼 율이랑 사귀기로 한 거야?"

　"아니."

　유정은 아직 결정을 내리지 못했다. 율은 유정이 어떤 선택을 내리든 상관없다며 일단은 친구로 지내자고 했고 유정도 그러기로 했다.

　"제임스 정이 한국에 방송 스튜디오를 오픈했대. 율이 거길 유정이한테 소개해 준다고 해서 갔어. 이따가 제임스 정이랑 같이 저녁

먹는다네."

신우가 깜짝 놀라며 물었다.

"제임스 정이라면 설마 우리가 아는 그 사람?"

가을은 고개를 끄덕였다. 신우는 어떻게 율이 제임스 정을 아냐며 무척 신기해했다. 가을도 처음 들었을 때 놀라긴 했다. 제임스 정은 가입자 수 세계 1위의 온라인 비디오 플랫폼 창업자로 세계를 움직이는 10인에 10년째 꼽히고 있었다. 제임스 정은 미국에서 태어난 교포로 알려졌지만 얼마 전 출연한 방송에서 한국에서 태어나 십 대 시절 유학을 갔다고 밝혔다. 율이 제임스 정과 막역한 사이라고 했다. 율의 인맥은 가을이 생각하는 것보다 훨씬 더 넓었다.

"제임스 정, 진짜 멋있는 사람 같아."

신우는 제임스 정 인터뷰를 본 후 반해서 제임스 정의 책도 샀다고 했다. 가을도 제임스 정이 나온 방송을 찾아봤다. 제임스 정은 자신이 성공할 수 있었던 것은 상상력 때문이라고 말했다. 현실에 안주하는 납작한 사고로는 아무것도 할 수 없다며, 내가 보지 못하고 경험하지 못했다고 해서 불가능하다고 생각하는 것만큼 어리석은 일이 없다고 했다. 세상은 사람들이 알고 있는 것보다 더 넓고 신비로우며, 자신에게 그걸 알려 준 특별한 존재 덕분에 자신감을 얻고 용기를 얻어 도전할 수 있었다고 했다. 제임스 정 때문에 요즘 유행하는 말이 '상상력'이 되었다. 제임스 정의 '더 많이 상상하라'라는 말이 밈이 되어 돌아다니고 말끝마다 '상상력'이 따라붙었다. 상상력이 곧 지능과 연결된다며 상상력 지수를 측정하는 검사도 만들어지고, MBTI처럼 상상 유형을 나누어 사람의 특성을 파악하기도 했다.

카페에 도착해 음료를 주문했다. 가을네 학교 교복을 입은 아이들도 제법 보였다. 둘은 학교 아이들과 조금 떨어진 곳으로 자리를 잡았다.

"유정이는 결국 율이란 애한테 마음이 기울겠네. 현이 어떡해?"

"현이가 왜? 유정이가 율을 만나든 말든 신경 안 쓰잖아."

"아냐. 현이 안 그래."

"현이가 너한테 무슨 말 했어?"

"아니, 그게……."

신우가 주저했지만 가을은 무슨 뜻인지 말해 달라고 부탁했다.

"현이가 알더라고. 유정이가 고백받은 걸."

유정이 자신이 아는 거의 모든 사람들에게 율의 고백을 다른 사람 이야기인 양 하고 다녔기에 현도 충분히 알 만했다.

"현이 뭐라고 하는데?"

"유정이가 율이란 애랑 사귀지 않기를 바라더라고."

가을은 너무 어이가 없어서 버럭 소리를 지르고 말았다.

"뭐? 김현 진짜 웃긴다. 유정이 고백 거절해 놓고 무슨 상관이래?"

가을은 현이 얄미웠다. 유정이 오백 년 동안 어떻게 했는데 행복을 빌어 주지는 못할망정 유정의 행복을 막으려고 하다니. 가을은 열이 올라서 컵에 있는 빨대를 뺀 후 음료를 벌컥벌컥 마셨다.

"현도 여러모로 불편하겠지. 유정이 고백 거절해 놓고 아무렇지 않은 척 지내는 게 힘든가 봐."

"유정이 현이한테 고백한 게 잘못했다는 거야? 현이도 알고 있었을 거 아니야. 유정이 자기 좋아하는 거."

"잘 몰랐대."

"말도 안 돼."

가을은 어떻게 그럴 수 있느냐고 말하려는데 불현듯 휴가 떠올랐다. 가을도 휴가 고백하기 전까지는 휴가 가을을 좋아하는지 몰랐다.

"유정이는 자기한테 가족이래."

그래. 그 말도 가을이 휴에게 했던 것과 같았다. 가을은 더 이상 현을 탓할 수가 없었다.

"그럼 둘이 그냥 전처럼 지내면 되지 뭐."

"현이도 그러려고 노력 중이야. 하지만 유정이한테 남친이 생기면 그럴 수 없잖아."

"뭐 어때? 현이랑 유정은 친구로 지내면 되지. 유정이 더 이상 현을 좋아하지 않으면 되는 거잖아."

"난 그건 안 될 것 같아."

신우가 마치 제 일인 것마냥 단호하게 말했다. 신우가 이렇게까지 현과 가까웠나 생각하고 있는데 신우가 가을의 이름을 불렀다. 신우는 하고 싶은 말을 할까 말까 망설이는지 입술을 계속 달싹거렸다.

"가을아, 나는 너랑 휴 사이가 계속 신경 쓰여."

"알잖아, 휴는 나랑 가족 같은 사이야."

"하지만 가을아, 휴가 네 진짜 가족은 아니잖아. 그리고 휴가, 너 좋아하잖아."

"그건……."

가을은 신우의 말을 부정하지 못했다.

신우는 속상한 것 같기도 했고 조금 화가 난 것 같기도 했다. 신우가 휴와 거리를 둔 것에는 이유가 있었다. 휴가 가을을 친구 이상으로 생각한다는 것을 알고 있었기 때문에 휴와 가까워질 수 없었겠지.

가을은 신우의 마음을 이해하지 못하는 건 아니었다. 그러나 가을에게 있어 휴는 가족 이상의 관계다.

"근데 신우야. 우리 가족이랑 휴는 떼려야 뗄 수 없는 관계야. 휴의 누나인 령 님은 나에게 최초 구슬을 주는 바람에 세상을 떠났어."

가을은 힘겹게 그 말을 했다. 령과의 일을 떠올리면 가을은 말로는 다 설명할 수 없을 만큼 마음이 아팠다.

"알아, 가을아. 물론 내가 네 상황과 처지를 온전히 다 안다고 할 수는 없어. 너는 평범한 인간의 삶을 산 게 아니니까. 너는 특별한 존재니까. 그래서 너랑 휴의 관계를 어떻게든 이해해 보려고 노력했어. 그런데 그게 잘 안 돼. 네가 휴를 만나지 않았으면 좋겠다고 바라는데 너에게 휴가 없으면 안 되잖아."

신우가 괴로운 듯 말했다. 가을은 신우가 이런 고민을 하고 있을 줄 몰랐다. 가을은 무슨 말을 하면 좋을지 계속 생각했다. 하지만 어떤 말도 변명처럼 들릴 것 같아 조심스러웠다. 가을과 신우 사이에 침묵이 흘렀다.

먼저 입을 연 건 신우다.

"가을아, 실은 말이야."

신우는 고개를 숙인 채 가을을 바라보지 않고 말을 이었다.

"나 사실 지난주 일요일에 윤지랑 둘이 밥 먹었어."

"어?"

"스터디 모임 다른 멤버들이 다 못 온다고 하더라고."

가을은 그럴 수 있다고 생각했다. 둘만 왔으니 스터디를 하지 못했을 테고, 바로 헤어지기 그래서 같이 밥 한 끼 정도는 먹을 수 있다. 가을은 백번 이해하려고 했다. 중학교 때 가을은 윤지가 계속 신경 쓰였다. 끊임없이 신우에게 호감을 표현하며 잘해 줬으니까. 다른 고등학교에 입학해서 다행이라고 여겼는데 윤지가 얼마 전 여름 방학 때 신우에게 연락을 해 왔다. 윤지는 신우처럼 공군사관학교를 가고 싶어 했고 신우에게 공군사관학교 입시 준비 스터디 모임에 들어오라고 했다. 가을은 신우에게 도움이 될 거라 생각했기에 망설이는 신우에게 같이 스터디를 하라고 권유했다.

"그럴 수 있지 뭐."

가을은 말은 그렇게 했지만 이상하게 마음 한편이 편치 않았다. 고작 단둘이 밥 먹은 거로 신우는 왜 이렇게 곤란한 표정을 짓는 거지? 가을은 그러면 안 된다고 생각했지만 저도 모르게 신우의 팔을 잡았다. 가을은 눈을 감고는 구슬을 불러 지난주 일요일의 기억을 살펴보았다.

신우와 윤지가 햄버거 가게에 앉아 있다. 신우가 가방에서 문제지를 꺼내 윤지에게 건넨다.

"잘 봤어. 네 덕분에 모의고사 준비 잘했어. 너한테는 매번 도움만 받는 것 같아. 햄버거보다 더 비싼 거 먹어도 되는데."

"신우야, 내가 왜 너한테 잘해 주는 것 같아?"

"뭐, 중학교 동창이니까."

"아니. 신우야, 나 너 좋아해."

윤지의 갑작스런 고백에 신우가 당황하는 게 보인다.

"장난하지 마."

"나 장난 아닌데? 나는 너랑 같이 공사도 가고 싶고 나중에 같이 파일럿도 되고 싶어."

"나 여친 있는 거 알잖아."

"상관없어. 너랑 가을이랑 영원히 사귈 것도 아닌데 뭘. 나는 기다릴 거야."

윤지의 지나치게 자신만만한 표정에 충격을 먹은 가을은 얼른 신우 팔에서 손을 떼었다. 더 이상은 보고 싶지 않았다.

가을은 몸이 떨렸다. 신우가 가을에게 어디 아프냐며 왜 그러냐고 물었다.

"신우야, 나 먼저 가 볼게."

카페에서 급히 걸어 나오다 발을 헛디뎌 휘청거렸다. 따라오던 신우가 가을을 붙잡았다.

"괜찮아, 가을아?"

"신우야, 나 그냥 혼자 가게 둬. 부탁이야."

가을이 말했지만 신우가 계속 가을의 어깨를 부축하듯 잡았다.

"제발 혼자 있게 해 줘!"

가을이 신우를 밀치듯 떼어 냈다. 가을은 신우를 두고 돌아섰다. 터덜터덜 길을 걸으며 손으로 얼굴에 흘러내리는 눈물을 닦아 냈다. 신우를 믿지 못하고 사이코메트리 능력을 쓰고 만 자신이 너무나 형편없게 느껴졌다. 고작 이런 데 쓰라고 령이 최초 구슬을 준 게 아닐 텐데 말이다. 령이 알면 가을에게 얼마나 실망할까. 신우도 여자 친구가 이런 능력을 쓴 걸 알면 얼마나 끔찍하게 여길까. 이런 식으로 신우에 대해 알면 안 되는데.

바보, 멍청이.

가을은 자신이 너무나 한심해서 계속 눈물이 흘렀다. 무엇보다 윤지의 말에 신우가 뭐라고 대답했을지 보지 못한 걸 아쉬워하는 제 모습이 제일 싫었다.

가을은 길 위에 눈물을 뿌리며 걷느라 뒤에서 신우가 걱정하며 따라오는 걸 알아채지 못했다.

집 안이 조용했다. 할머니는 문자로 저녁 모임이 있다며 알아서들 저녁을 먹으라고 했다. 집에는 가을과 현 둘뿐이다. 유정도 율을 만나 늦는다고 했다.

가을은 저녁 시간이 되니 배가 고팠다. 그냥 한 끼 건너뛸까도 했지만 이따가 밤에 뭔가 먹게 될 것 같아 1층으로 내려왔다.

냉장고를 열어 보니 할머니가 만들어 둔 밑반찬이 있었지만 밥솥은 비어 있었다. 밥을 해서 차려 먹는 것도 귀찮았다. 할머니가 혼자만 먹지 말고 현도 챙기라고 두 번이나 메시지를 보냈다. 가을은 식탁 의자에 앉아 현에게 메시지를 보냈다.

> 할머니 늦으신대. 저녁 시켜 먹을래? 치킨? 피자?

잠시 후 현에게 '햄버거'라고 답이 왔다. 치킨, 피자 중 고르라고 했는데 햄버거를 말하는 건 뭐람. 가을은 햄버거를 먹고 싶지 않았다. 유정이라면 당연히 현이 먹고 싶다는 햄버거를 시키겠지만 가을은 유정이 아니다.

> 피자 시킨다.

마음대로 해.

가을은 피자와 치킨 윙 세트를 시켰다.

혹시나 해서 핸드폰을 확인해 보았지만 신우에게 온 연락은 없었다. 지금쯤 학원에 있을 시간인데. 설마 가을과 다퉜다고 학원을 빠지지는 않았겠지? 신우가 학원에 갔더라도 집중이나 잘할 수 있을지 모르겠다. 중간고사도 얼마 남지 않았는데 괜히 신우 신경 쓰이게 만든 건가 걱정이 되었다. 윤지는 신우가 가을과 사귀는 것을 알면서도 고백을 했다. 윤지는 신우를 기다리면 마치 자기에게 기회가 올 것처럼 말했다. 설마 윤지는 가을의 정체를 알고 있는 걸까? 아니, 그건 아니겠지. 중학교 때 만난 첫사랑과 어른이 되어서도 계속 만나는 경우는 흔치 않으니까. 윤지는 언젠가 신우와 함께 어른이 되어 바람대로 공군사관학교에 갈 수도 파일럿이 될 수도 있겠지. 가을은 인간인 윤지가 너무나 미웠다. 그 마음이 못났다는 것을 알면서도 그대로 두었다. 윤지를 미워하지 않으면 자기를 미워해야 하니까.

주문한 지 20분이 조금 넘었을 때 피자가 도착했다. 현은 현관 벨이 울리는 소리를 들었는지 부르지 않았는데도 알아서 방에서 나왔다. 가을은 포장 상자를 열었고 현이 접시와 포크를 준비했다. 둘은 말없이 피자와 치킨 윙을 먹었다. 현이 콜라 뚜껑을 열며 가을에게 먹겠냐고 물었고 가을이 고개를 끄덕이자 컵에 따라 주었다.

피클이 두 개 왔는데 현은 제 앞에 있는 것을 뜯지 않았다.

"피클 왜 안 뜯어?"

가을이 자기 앞에 있는 피클을 현 쪽으로 미는데 현이 괜찮다고 했다.

"난 수제 피클 아니면 안 먹어."

하여튼 입맛도 까다로웠다. 유정이었다면 냉장고에 있는 수제 피클을 꺼내 주었을 텐데. 지금 내가 무슨 생각을 하는 거야. 가을은 고개를 저었다. 나는 유정이가 아니잖아. 내가 왜 현을 신경 쓰고 있담. 가을은 피클을 도로 자기 앞으로 가져와 포크로 피클 하나를 찍은 후 입에 넣어 아그작아그작 씹었다.

피클을 다 먹은 후 가을은 현에게 말을 걸었다.

"유정이 어디 갔는지 왜 안 물어봐?"

"어딘가 갔겠지 뭐."

"율이 만나러 갔어."

가을은 현이 묻지 않았지만 일부러 알려 주었다. 신우에게 들은 것과 달리 현은 별 반응을 보이지 않았다. 일부러 아무렇지 않은 척하려는 건가? 가을은 다시 율의 이야기를 했다.

"율이가 유정이한테 정말 잘해 주나 봐. 나는 유정이가 행복했으면 좋겠어."

"나도야. 나도 유정이가 행복하기를 누구보다 바라."

현도 지지 않고 또박또박 말했는데, 지금 이 말만큼은 진심인 것 같았다.

피자를 먹고 난 후 가을과 현은 각자 방으로 들어갔다.

가을은 유정에게 언제쯤 오느냐고 연락을 할까 하다가 그만두었다. 나름 데이트를 하는 유정을 방해하고 싶지 않았다. 창문 커튼을 내리려고 하는데 창밖으로 마당에 있는 현이 보였다. 어? 왜 저 모습을 언젠가 본 것 같지? 맞다! 지난번에 환영으로 봤던 장면과 비슷했다. 그때도 현은 줄무늬 티셔츠를 입고 의자에 앉아 있었다.

가을은 확인하기 위해 서둘러 1층으로 내려갔다. 현에게 들키지 않기 위해 3단계 변신으로 몸을 투명하게 한 후 현관문을 빠져나간 후 현 앞으로 갔다. 환영 속처럼 현은 똑같은 자세로 앉아 있었다. 가을은 현 앞으로 조금 더 가까이 다가갔다.

현이 두 손으로 마른세수를 한 후 깊게 한숨을 내쉬었다. 그다음 현이 뭐라고 말을 했던 것 같은데. 환영 속에서는 그 말은 듣지 못했다. 하지만 지금은 소리가 들릴 만큼 가까웠다. 잠시 후 현의 목소리가 들렸다.

"유정아. 유정아."

현은 슬프게 유정을 불렀다. 가을은 그대로 서서 현을 바라봤다. 현은 미간을 찡그린 채 다시 한번 숨을 내쉬었는데 그때 눈물이 또르르 떨어졌다. 가을은 오른손으로 가슴 위를 지그시 눌렀다. 현이 너무나 애처로워 보여 심장이 다 아팠다.

학교 가는 길에 유정은 가을에게 어제 제임스 정을 만난 이야기를 했다. 평소였다면 가을도 신기해서 이것저것 물었을 텐데 그럴 마음이 생기지 않았다. 가을은 자신이 본 장면이 단순한 환영이 아니라는 것을 깨달았다. 실제 미래에서 일어날 일을 본 것이다. 어제저녁 현을 통해 확실하게 알게 되었다.

가을은 유정에게 자신이 본 걸 말할까 하다가 그만두었다. 그 이야기를 하면 유정은 더욱 결정을 내리기가 힘들어질 거다. 어젯밤에 율을 만나고 돌아온 유정은 기분이 무척 좋아 보였다.

교실 문을 열고 들어가는데 신우가 다가왔다.

"가을아, 어제 잘 들어갔어?"

"어. 너는 학원 잘 갔어?"

"응."

신우는 어제 하고 싶었던 이야기를 다 하지 못했다며 잠깐 이야기를 나눌 수 있냐고 물었다. 1교시 시작까지 아직 시간이 있었다.

가을은 신우와 함께 나와 복도 끝으로 걸어갔다.

"가을아, 나 스터디 그만뒀어. 어제 말하려고 했는데 네가 갑자기 가 버려서 그 말을 못 했어."

"스터디를 왜 그만둬? 너 입시에 필요하잖아."

"실은 윤지가 나 좋아한다고 해서."

가을은 이미 알고 있었기에 놀라는 척을 할 순 없었다. 대신 신우에게 진짜로 묻고 싶었던 걸 물었다.

"너는? 너도 윤지한테 마음이 있어?"

"아니. 그럴 리가 없잖아. 나는 윤지한테 조금도 마음 없어. 그래도 이런 상황에서 내가 계속 윤지랑 같이 스터디 하면 네가 신경 쓰일 테니까. 너 신경 쓰게 만들고 싶지 않아."

가을은 신우가 정말로 말하고 싶은 게 따로 있다는 걸 알았다.

"너도 휴가 신경 쓰인다는 거지?"

신우는 아무 말 없이 슬픈 눈으로 가을을 바라보았다. 가을은 지금 당장 어떤 말을 하면 좋을지 떠오르지 않았다.

1교시 수업 예비 종이 울렸다.

"다음에 다시 이야기해."

가을은 화장실에 들렀다 가겠다며 신우에게 먼저 교실로 가라고 말했다. 신우가 그렇게까지 휴를 신경 쓸 줄 몰랐다. 신우는 가을을 생각해서 스터디를 그만두었다고 했다. 하지만 그렇다고 가을까지 휴를 만나지 말아야 될까? 화장실 문을 열고 나가는데 갑자기 주변이 어두워졌다. 다시 주위가 밝아지면서 신우의 목소리가 들렸다.

"서우야, 이리 와야지."

목소리를 듣고 당연히 신우라고 생각했지만 눈앞에 보이는 사람은 신우보다 나이가 많아 보였다. 가을은 직감적으로 어른이 된 신우라는 걸 알 수 있었다. 신우가 아장아장 걷는 아이 뒤를 따라가다가 그대로 아이를 안았다.

"아빠가 잡았다!"

아이가 까르르 웃었다. 신우도 활짝 웃으며 제 얼굴을 아이 얼굴에 비볐다. 신우는 세상을 다 가진 사람처럼 행복해 보였다.

"이제 엄마한테 가자."

신우가 아이에게 다정하게 말하며 어딘가로 걸어갔다.

주변이 다시 어두워졌다가 밝아졌다. 가을은 화장실 문손잡이를 잡은 채 그대로 서 있었다.

화장실에서 나온 가을은 복도 벽에 기대어 섰다. 언젠가 신우는 어른이 되고 결혼을 하고 아빠가 되겠지. 그건 당연한 일이다. 하지만 그 미래에 가을이 함께할 수 있을까? 1교시 시작을 알리는 종이 울렸지만 가을은 움직일 수가 없었다.

미래가 오다

가을은 머리가 아파 도저히 계속 학교에 있을 수가 없었다. 결국 조퇴를 하고 학교에서 나왔다. 유정도 가을을 따라 나오려고 했지만 유정은 누가 봐도 너무 건강해 보여 조퇴를 할 수 없었다. 아빠가 된 신우를 본 것만으로도 마음이 아렸는데 또 다른 장면이 떠올라 머리가 복잡했다. 가을이 처음 본 미래는 엄마와 할머니가 가을을 부르며 우는 모습이었다. 그렇다면 이 일도 언젠가 벌어질 일이라는 걸까?

어쩌면 현을 통해 본 장면은 우연일지도 모른다. 가을이 지나치게 한 생각에 빠져 있으니 환영을 보게 되었고 그게 맞아떨어진 것뿐이다. 가을은 별일 아니라고 넘기고 싶었다. 하지만 엄마와 할머니가 우는 모습이 계속 떠올랐다. 이건 최초의 구슬로 인해 생긴 능력인 걸까? 그렇다면 최초 구슬을 가졌던 진은 가을과 비슷한 경험을 했을지도 모른다.

가을은 집으로 가는 대신 진에게 연락했다. 다행히 진은 집에 있다며 지금 만날 수 있다고 했다.

진은 도호가 살던 곳에서 지내고 있다. 가을은 곧바로 진의 집으로 찾아갔다. 초인종을 누르자 진이 문을 열어 주었다.

"가을아, 괜찮아? 얼굴이 창백해. 어서 들어와."

가을은 진을 따라 집 안으로 들어갔다. 가을은 도호와 함께한 시간들을 떠올렸다. 도호에게 속았다는 것을 깨닫고 난 후에 자책도 많이 했고 후회도 했다. 도호를 미워해 보기도 했다. 도대체 어디까지가 진짜이고 어디까지가 가짜였을까. 하지만 더 이상 그 생각을 하지 않기로 결심했다. 대답을 해 줄 상대가 사라져 버리기도 했지만 때로는 '그때는 그랬다.'라고 넘어가는 것도 필요하다.

"인테리어가 바뀌었네요."

벽지가 아이보리 색으로 바뀌었고 소파도 가죽에서 천 소재로 바뀌었다. 도호가 있을 때는 집 안 풍경이 조금 썰렁했는데 지금은 포근한 느낌이 들었다.

집 안을 살펴보는 가을의 시선을 느꼈는지 진이 말했다.

"여기저기 많이 바뀌었지? 나랑 취향이 맞지 않더라고. 그래도 도호 녀석이 내 신분으로 해 둔 게 있어서 편한 게 많네."

가을이 도호가 했던 선생님도 계속해야 하는 게 아니냐고 농담하니, 진은 그 역할은 정중하게 사양했다. 학교에는 학생으로든 교사로든 가고 싶지 않다고 했다.

진이 국화차와 쿠키를 함께 내왔지만 가을은 차만 마셨다. 여기 올 때까지만 하더라도 걱정으로 가득해 심장이 빠르게 뛰었는데 국화차를 마시고 나니 조금은 편해졌다. 국화는 몸과 마음의 안정을 돕는다. 옛날에는 지금처럼 약이 많지 않아서 이렇게 자연에서 얻은 것이 약의 역할을 했다. 야호랑들은 지금도 웬만하면 약을 잘 먹지 않는다. 배가 아플 때는 매실을 먹고 감기에 걸리면 도라지나 생강을 먹는다. 물론 할머니처럼 약국 단골로 살며 약을 신봉하는 야호도 있다. 할머니는 약 한 알만 먹으면 아픈 데가 싹 낫는다며 약을 개발한 사람들이 참 똑똑하다고 말했다. 소파에 기대어 앉은 가을은 눈을 감은 채 심호흡을 했다. 진은 그런 가을을 가만히 두었다.

가을이 다시 눈을 떴을 때 진이 물었다.

"차 더 줄까?"

"네, 고마워요."

진이 컵에 새로 차를 따라 주며 말했다.

"참, 율을 만났어."

"율을요?"

"응."

진은 아주 오랜 옛날 휼를 통해 율을 소개받았다. 도호와 함께 떠난 이후 율을 만나지 못했지만, 율에 관한 소식은 듣고 있었다.

"율이 야호랑이 하는 환경 보호에 관심이 많더라고. 적극적으로 도와주겠대."

"잘됐네요."

진은 율이 요즘 야호족뿐만 아니라 호랑족과도 만나고 있다고 알려 주었다. 율은 예나 지금이나 공사다망했다. 율은 유정에게 구애만 하고 있는 게 아니었다. 가을에게도 몇 번 야호랑 일로 상의할 게 있다며 연락을 해 왔다.

"이제 얼굴이 좀 편안해 보이네. 무슨 일 있어?"

"언니, 저 궁금한 게 있어요."

"뭔데?"

가을은 이제까지 있었던 일을 자세하게 들려줬다. 혹시 진도 그런 경험이 있는지 궁금했다. 진은 가만히 가을의 말을 들어 주었다.

"음, 나는 한 번도 없었어."

"제가 본 게 우연이었을까요? 아니면 정말로 제가 미래를 볼 수 있는 걸까요?"

진은 한참을 곰곰이 생각하더니 이야기를 했다.

"웅녀 언니가 종종 이상한 말을 한 적이 있어."

웅녀는 곰이었던 시절부터 남다른 면이 있었다. 웅녀는 미래를 보는 능력이 있어 웅녀의 예언을 통해 위험에서 벗어난 동물들이 많았다. 어느 날부터 웅녀는 자신이 곧 사람이 될 거라고 했다. 아무리 웅녀에게 미래를 보는 신묘한 능력이 있다지만 그 말만큼은 아무도 믿지 않았다. 그러던 어느 날 환웅이 이 땅으로 내려왔고 웅녀는 환웅을 만나 정말 사람이 되었다.

가을도 령에게 비슷한 이야기를 들었던 게 기억났다.

"아, 령 님도 그렇게 말했어요. 웅녀 님에게 미래를 보는 능력이 있었다고요."

령이 웅녀에게 구슬을 받은 건 웅녀가 본 미래 때문이라고 했다. 세상의 평화를 위해서 힘써 줄 이가 필요했고 웅녀는 그 역할을 령에게 부탁했다.

"웅녀 언니는 환웅에게 구슬을 받아 품고 있었어. 구슬의 첫 주인은 바로 웅녀 언니였지. 령 언니와 내게 차례차례 구슬을 나눠 준 후에 더 이상 언니는 미래를 보지 못했어."

"웅녀의 능력이 구슬로 들어갔을까요?"

"그럴지도 몰라."

완전체 구슬의 능력이 미래를 보는 거라면 가을은 그 능력이 별로 반갑지 않았다. 할머니와 엄마가 가을의 이름을 부르며 울고 있는 모습과 신우가 어른이 되어 아빠가 된 모습은 가을이 미리 알고 싶은 미래가 아니다.

많은 사람들이 미래를 알고 싶어 한다. 그래서 점쟁이나 역술가를 찾아가기도 한다. 그들은 이미 지나온 과거를 알아맞히기도 하고 다가올 미래를 알려 주지만 정작 현재에 대해서는 말하지 않는다. 어제와 내일에 매달리느라 오늘을 잊는 것만큼 어리석은 일은 없다. 가을은 오백 년을 넘게 살면서 오늘을 잘 사는 것만큼 중요한 게 없다는 것을 깨달았다. 가을은 미래 걱정만 하다가 현재를 제대로 살지 못하는 우를 범하고 싶지 않다. 어차피 미래는 올 텐데 기다리면 되지 무얼 미리 알려고 하는 건지 가을은 이해가 가지 않았다.

"저는 미래를 미리 알고 싶지 않아요."

"네가 미래를 보게 된 이유가 분명히 있을 거야. 그 능력을 너무 두려워하지 마."

진의 말에도 불구하고 가을은 마음이 계속 불편하기만 했다. 진이 가을 옆으로 다가와 어깨를 끌어안으며 말했다.

"가을아, 우리가 과거를 바꿀 수 있을까?"

"아뇨. 그건 불가능하죠."

"대부분 과거를 후회해. 그때 내가 왜 그랬을까, 그걸 하지 않았으면 좋았을 텐데 하고. 하지만 과거는 절대 바꿀 수 없지."

가을도 후회되는 일이 있다. 만약 과거로 갈 수 있다면 어떻게든 령을 살릴 것이다. 령에 대한 마음이 너무 크기에 진으로 둔갑한 도호의 말을 의심도 하지 않고 믿었다. 하지만 과거는 바꿀 수 없다.

"그럼 미래는 바꿀 수 있을까?"

진의 물음에 가을은 대답 대신 진을 바라봤다. 진이 하려는 말이 무엇인지 알 것 같았다. 가을이 실수하거나 잘못해서 자책할 때 할머니가 그랬다. 후회의 진짜 뜻은 '내가 왜 그랬지'가 아니라 '다음에는 그러지 말아야지'라고. 후회는 과거를 위한 게 아니다.

"미래가 무슨 뜻인 줄 아니?"

"앞으로의 일이죠."

"맞아. 아직 오지 않은 시간을 뜻해. 그 말은 미래는 바뀔 수 있다는 거야."

진은 웅녀가 미래를 보고 행동하면서 예언대로 되지 않은 일이 여러 차례 있었다고 했다. 가을은 물끄러미 진을 바라봤다. 진은 든든하고 따뜻하게 가을에게 힘을 주었다. 비록 령은 떠났지만 령을 통해 좋은 인연을 많이 만났다. 언제나 가을의 편이 되어 주는 휴와 때론 얄밉지만 은근히 가을을 챙겨 주는 수수, 그리고 든든하게 기댈 수 있는 진까지. 야호가 되었기에 이들을 만날 수 있었다.

진이 가을의 얼굴 위로 내려온 머리카락을 쓸어 올려 주며 힘주어 말했다.

"가을아, 네가 미래로 간 게 아니라 미래가 너에게 온 거야."

가을은 진의 말을 천천히 곱씹었다.

엄마와 선이 신혼여행을 마치고 돌아왔다. 엄마는 가족들이 많이 보고 싶었다며 공항에서 곧바로 가을네 집으로 왔다.

"다들 잘 있었어? 많이 보고 싶었어."

엄마가 할머니와 가을, 유정, 현을 차례대로 안아 주었다. 엄마는 얼굴이 조금 탔지만 더 건강하고 생기 있어 보였다. 선도 마찬가지였다. 가을은 선에게 반갑게 인사했다.

엄마는 가방에서 가족들을 위해 사 온 선물을 꺼냈다. 여행지마다 할머니, 가을, 유정, 현에게 줄 것을 골라 사 왔다. 옷부터 컵, 그릇,

115

열쇠고리, 과자 등등 별의별 게 다 있었다.

"이것저것 사다 보니까 짐이 많아져서 수화물 추가까지 했잖아."

"와, 나 이거 진짜 갖고 싶었던 건데. 역시 이모 센스쟁이라니까."

엄마 옆에 앉은 유정은 선물이 모두 마음에 든다며 추임새를 넣었다. 가을도 엄마가 사 온 선물을 보며 여행지에서도 엄마가 늘 가족을 생각했다는 것을 느낄 수 있었다.

"에구, 너희 배고프지? 얼른 밥 먹자."

할머니는 엄마와 선을 위해 맛있는 음식을 잔뜩 차렸다.

"어머니, 이걸 혼자 다 하셨어요? 너무 맛있어 보여요. 이따 설거지는 제가 할게요."

선이 살뜰하게 할머니를 챙겼다.

식탁에 다 같이 둘러앉았다. 엄마는 신혼여행에서 있었던 일을 즐겁게 이야기했다. 가방을 잃어버렸다가 찾기도 하고 우연히 호랑족을 만난 적도 있었다.

"어디가 제일 좋았어?"

할머니가 물었고 엄마와 선은 동시에 모리셔스라고 대답했다. 모리셔스에 있는 수수의 리조트가 리모델링에 들어가서 수수의 집에서 지냈는데 어떤 리조트보다 더 좋았다고 했다.

"바다도 얼마나 예쁜지 몰라. 수수가 우리 가족 다 같이 꼭 오래. 참, 모리셔스에서 신우 선물 사 왔어. 이따 줄 테니까 신우한테 전해 줘."

신우 이야기에 가을은 마음이 무거웠다. 며칠 전 신우와 다투고 화해했지만 계속 마음이 불편했다. 가을은 고심하다가 신우에게 휴를 안 만나고 살 수는 없다고 말했다. 휴는 가을이 야호가 되고 난 뒤 오백 년 동안 옆을 지켜 주었다. 신우만큼 휴도 소중하다. 신우도 생각해 보니 자신이 너무 무리한 요구를 했다며 사과했다. 가을은 신우도 좋아하고 휴도 좋아하지만 둘에게 느끼는 감정은 전혀 다른 것이기에 양립할 수 있다. 가을은 신우에게도 윤지와 스터디를 계속하라고 했다. 가을과 신우의 사이가 문제없다면 옆에 누가 있는지는 전혀 문제가 되지 않는다. 가을의 고민은 다른 데 있었다. 입맛이 사라진 가을은 결국 밥을 남겼다.

　"참, 율이가 왔다며? 율이가 결혼식에 못 와서 미안하다면서 크루즈 표를 보냈더라고."

　엄마의 말에 유정과 현이 차례대로 수저를 식탁 위에 내려놓았다. 분위기가 가라앉을 대로 가라앉았고 영문을 모르는 엄마와 선은 가족들의 눈치만 살폈다.

　식사를 마친 후 할머니는 엄마와 선에게 피곤할 테니 얼른 집으로 가서 쉬라고 했다. 엄마는 비행기에서 푹 잤다며 괜찮다고 했지만 선이 엄마의 팔을 잡아끌었다. 모두가 쉬고 싶어 한다는 걸 선은 알아차렸다.

　엄마와 선이 돌아간 후 가을은 유정과 함께 2층으로 올라왔다. 방으로 들어간 유정이 운동복으로 옷을 갈아입고 나왔다.

"어디 가?"

"좀 달리고 올게."

유정은 마음이 혼란스러울 땐 뛰는 게 최고라며 나갔다. 숨이 차오르도록 달리다 보면 근심과 걱정을 잊을 수 있다며 얼마 전부터 달리기를 시작했다.

가을은 2층 거실 소파에 기대어 앉았다. 신우 생각으로 머릿속이 복잡했다. 유정을 따라 달리기를 해 볼까? 그러면 좀 답답한 마음이 나아지려나. 그때 알림이 울렸고 신우인가 싶어서 봤더니 엄마였다. 엄마는 집에 잘 도착했다며 메시지를 보냈다.

> 우리 딸 얼마나 보고 싶었는지 몰라.

아까 엄마를 제대로 반겨 주지 못한 게 가을은 내심 미안했다. 엄마와 한 달 만에 만났다. 이렇게 오래 엄마와 떨어진 건 처음이었는데.

> 엄마가 아까 너무 신나서 이야기했지?
> 미안해.
> 우리 딸 기분 안 좋은 것도 모르고.

미안해할 사람은 엄마가 아닌데. 엄마의 메시지에 가을은 울컥했다. 옛날부터 그랬다. 엄마와 가을이 다투고 난 후면 늘 엄마가 먼저 사과했다. 가을이 잘못해서 혼을 낸 뒤에도 엄마는 혼내서 미안하다고 했다. 가을이 왜 엄마가 사과하느냐고 하면 "아이가 잘못한 거면 어른이 더 잘못한 거야."라고 말해 줬다.

유정은 엄마가 있는 가을이 부럽다는 말을 가끔 했다. 유정은 오백 년이 지났기에 이제는 엄마 얼굴도 잘 기억나지 않는다고 했다.

가을은 엄마에게 불퉁거리고 화를 냈던 일이 주르르 떠올랐다. 다투기도 많이 했지. 중간에서 할머니가 중재할 때도 많았다. 엄마와 할머니가 없었다면 가을의 오백 년은 더 길고 외로웠을 거다.

가을은 갑자기 엄마가 너무 보고 싶었다. 엄마에게 '보고 싶어'라고 딱 네 글자를 써서 보냈는데 곧바로 엄마에게 전화가 걸려 왔다. 가을이 받자마자 엄마가 말했다.

"가을아, 엄마가 지금 바로 갈게."

엄마는 그 말을 한 후 10분도 채 되지 않아 가을에게 왔다. 가을은 조금 전까지만 해도 당장이라도 엄마 품에 안길 것 같은 기분이었는데, 막상 엄마가 오니 그 마음이 사라졌다. 가을과 엄마는 어색하게 소파에 앉아 있었다.

엄마가 먼저 침묵을 깨고 말했다.

"나가자, 가을아. 아이스크림 사 줄게."

가을은 엄마를 따라 나갔다. 엄마는 늘 가을과 화해가 필요한 순간이면 아이스크림을 사 줬다. 무슨 맛을 먹을까 고민하다가 에스프레소를 골랐다. 오늘은 어른의 맛을 먹고 싶었다. 엄마는 달콤한 딸기를 골랐다.

"신우랑 싸웠어?"

"그냥 뭐."

가을은 엄마에게 자세히 말하고 싶지 않았다. 엄마도 가을의 마음을 눈치챘는지 더는 묻지 않았다. 오백 년을 넘게 열다섯으로 살아야 하는 가을도 힘들지만 늘 십 대로 살아가는 가을을 딸로 둔 엄마도 힘들었을 것 같다. 가을은 제 기분이 좋을 때는 엄마에게 한없이 살갑게 굴다가도 기분이 좋지 않을 때면 벽을 만든다. 감정이 널뛰는 가을을 상대하느라 엄마도 속앓이를 많이 했다.

"엄마는 선이랑 여행하면서 부딪치거나 그런 일 없었어?"

"아휴, 왜 없겠어. 너 알지? 나 늦게 자고 늦게 일어나는 거. 그런데 선은 새벽형이야. 나는 조금 더 자고 싶은데 선이 어찌나 일찍 일어나서 뭘 그렇게 정리를 하는지. 나한테 직접 치우라고 말은 안 하는데 왠지 나 보라고 치우는 것 같아 마음이 불편하더라."

엄마는 오백 년을 넘게 각자 살다가 같이 사는 게 결코 쉽지 않다고 했다. 엄마의 푸념에 가을은 웃음이 나왔다.

"너 신우랑 처음 싸운 거지?"

"어."

"우아, 신기하다. 어떻게 1년을 넘게 사귀면서 처음 싸울 수 있지?"

"이제까지 다툴 일이 없었으니까."

신우와 싸운 적이 없다고 하면 다들 엄마와 같은 반응을 보인다.

예전에 가을은 서로 좋아하는 사람끼리 왜 싸우는지 이해가 되지 않았다. 그런데 이제는 좋아하기 때문에 싸울 수 있다는 걸 깨닫고 있다. 좋아하지 않으면 서운할 일도 없다.

"나도 나 자신이랑 안 맞을 때가 있잖아. 타인은 오죽하겠어? 서로 맞추어 가는 과정이 중요한 것 같아."

가을도 엄마 말이 맞는다는 걸 안다. 하지만 맞출 수 없는 게 생기면 어떡하지? 신우는 자라지만 가을은 영원히 자라지 않는다. 가을은 시간에 묶인 자신을 생각하면 그냥 슬퍼진다. 하지만 엄마에게는 말할 수 없다.

"엄마, 근데 나 신우랑 싸운 거 어떻게 알았어?"

"왜 몰라? 우리가 같이 산 세월이 얼만데. 너 고민 있으면 입 이렇게 나오잖아."

"에이, 뭐 나만 그런 줄 알아? 엄마도 그래."

"정말?"

가을은 그렇다고 고개를 끄덕였다. 엄마는 기분 상하는 일이 있으면 일단 말이 없어지고 입을 앞으로 쭉 내민다. 그럴 때면 할머니는 엄마랑 가을의 표정이 똑같다며 놀렸다.

"엄마, 그런데 할머니도 그런다."

"맞아. 엄마도 그렇지."

할머니와 엄마, 가을 세 모녀는 닮은 점이 참 많다. 얼굴만 닮은 게 아니라 표정이나 말투도 비슷하다. 할머니와 엄마가 열다섯 살로 둔갑하여 함께 학교를 다닐 때 셋을 일란성 쌍둥이로 아는 아이들도 있었다.

"가을아, 엄마가 세상에 태어나서 가장 잘한 건 너를 낳은 거야."

엄마의 말에 가을은 괜히 쑥스러워 다 먹은 아이스크림 포장지를 만지작거렸다.

"나를 닮은 너를 보면 얼마나 신기한지 몰라."

가을은 엄마의 말을 온전히 다 이해할 수 없었다. 나를 닮은 아이가 있으면 어떤 기분일까? 문득 가을은 영영 자신을 닮은 아이를 만날 수 없을 거란 생각이 들었다. 신우의 미래를 본 순간부터 가슴에 꾹꾹 눌러 두었던 설움이 눈물이 되어 툭 떨어졌다. 그걸 본 엄마는 가을의 마음을 짐작했는지 더 이상 아무 말 하지 않고 가을을 꼭 안아 주었다.

"우리가 당당하게 정체를 드러내면
더 이상 인간은 우리를 함부로 해치지 못할 거야!"

3부 야호랑 커밍아웃

위기

　야호랑 긴급회의가 열렸다. 만만통으로 긴히 도움 요청이 들어와 급하게 야호랑 원로들이 모였다. 가을도 학교에 가지 않고 회의에 참석했다. 휴는 다른 일정이 있어 참석하지 못했고 신혼여행에서 돌아온 선이 참석했다. 선은 가을 근처에 앉았다.

　회의 전에 가을은 안건을 미리 보고받았다. 이번 건은 또 어떻게 해결해야 할지 벌써 골치가 아팠다. 야호랑만의 문제가 아니었다. 오늘 모인 건 야호랑의 정체를 알게 된 인간의 협박 때문이다. 곤란을 겪고 있는 건 야호와 호랑 둘 다였다. 야호족의 만사통과 호랑족의 만능통이 작년 초에 함께 꾸린 만만통은 야호랑의 보호와 복지를 위해 힘쓰고 있다. 올해 초 만만통에서 실시한 조사에 따르면 최근 백년 동안 인간에게 정체를 들킨 적이 있는 야호랑은 12퍼센트였고, 그 일로 곤란을 겪은 야호랑은 10퍼센트에 달했다. 둘의 비율에 큰 차이가 없다는 것은 정체가 발각되면 십중팔구 그로 인해 문제를 겪게 된다는 뜻이다. 들키지 않게 조심했어야 한다는 말은 누구도 하지 않았다. 인간과 어울려 살다 보면 피치 못하게 정체가 드러나는 순간이 생긴다. 이 문제는 야호족과 호랑족이 생겨났을 적부터 지금까지 수천 년 동안 야호랑을 괴롭혔다.

회의가 시작되었다. 인간에게 정체를 들킨 야호는 입막음을 위해 이미 몇 차례 돈을 주었지만 돈을 달라는 요구가 계속되자 더 이상 자기 선에서 그 비용을 해결하기 어렵다며 도움을 요청했다. 정체를 들킨 호랑 역시 돈을 달라는 협박을 받고 있는데, 야호와는 달리 인간에게 단 한 푼도 줄 수 없다는 입장이다.

야호 쪽에서 요청 사항을 말했다.

"이제까지는 개인적으로 알아서 협박 비용을 해결했어요. 하지만 모든 야호랑이 잘사는 건 아니잖습니까? 하루 벌어 하루 사는 야호랑도 있다고요. 복지 차원에서 이 문제는 만만통에서 해결해 주기를 건의합니다."

호랑 쪽에서는 만만통 예산을 입막음용으로 사용하는 것에 강하게 반대했다.

"그럴 때마다 만만통 예산을 쓰면 예산이 남아날까요?"

"그럼 앞으로도 이 일을 각자 알아서 해결하자는 겁니까?"

야호 쪽에서 항의하자 호랑은 꼭 그런 건 아니라고 대답했다.

"그럼 도대체 어떻게 하자는 거예요?"

야호의 물음에 호랑들은 딴 데를 보면서 제대로 대답하지 않았다. 가을이 나서서 대신 물었다.

"호랑님들은 이제까지 이 문제를 어떻게 해결하셨습니까? 야호족에게도 그 방법을 공유해 주시는 게 어떨까요?"

호랑족 자인이 손을 들었다. 야호랑의 시선이 모두 자인 쪽으로 쏠렸다.

"입을 막으려면 아예 입을 없애 버리는 게 가장 확실하죠."

호랑은 그동안 문제가 되는 인간을 없애는 것으로 일을 해결해 왔다. 가을은 '눈에는 눈'이라는 호랑족의 신념을 알고 있었기 때문에 어느 정도 짐작은 했지만 그 방식에 절대 동의할 수 없었다. 폭력은 폭력을 낳고 복수는 복수를 낳기 마련이다.

역시나 야호는 사람을 해칠 수 없다며 이제까지 해 온 것처럼 돈으로 해결하자는 주장을 했고, 호랑족은 문제의 싹을 없애는 것만큼 확실한 방법이 없다며 야호족 문제도 자신들이 대신 기꺼이 처리해 주겠다고 했다. 마치 평행선을 긋듯 야호와 호랑의 의견은 극명하게 둘로 나뉘었다. 가을은 머리가 아팠다. 호랑족의 방법에 절대 동의할 수 없었지만 그렇다고 매번 돈으로 해결하는 것도 진정한 해결책이라고 볼 순 없었다.

그때 야호 중 하나가 의견을 내었다.

"지난번 원호님께서 실버제약 일을 해결하셨던 방법을 쓰면 어떨까요?"

가을은 야호랑의 정체를 알게 된 실버제약 인물들에게 위구슬을 주어 야호랑 관련 기억을 없앴다. 이 방법이라면 돈도 들지 않고 평화적으로 해결할 수 있다. 자 여사의 협조를 받는다면 위구슬을 만드는 건 어렵지 않다. 위구슬을 이용해 야호랑과 관련된 인간의 기억을 삭제하는 방안에 야호와 호랑 모두 찬성의 뜻을 비쳤다.

가을이 회의를 정리하려고 할 때 한 호랑이 덧붙여 말했다.

"지금 우리를 협박하는 인간 말고도 야호랑의 정체를 알고 있는 이들이 더 있을 것입니다. 그들에게도 전부 위구슬을 먹여 기억을 없앱시다."

호랑이 말한 인간에는 신우도 포함된다. 가을은 당황했지만 지금은 우선 당장 협박을 하는 인간부터 해결하자고 차분하게 말했다.

"우리 정체를 알고도 우리를 있는 그대로 받아들인 인간들도 있습니다. 그들에게까지 위구슬을 먹일 순 없습니다."

"아뇨. 우리의 비밀을 알고 있는 인간은 언젠가 원흉이 될 게 뻔합니다. 이왕 하는 김에 미리 처리하기를 강력하게 제안합니다."

"맞아요. 이번 기회에 모두 처리합시다."

야호와 호랑은 이 제안에 대부분 동의했고 먼저 야호랑의 정체를 아는 인간을 조사해 보는 것으로 결정되었다. 각자 만만통 앱에 야호랑 정체를 알고 있는 인간의 정보를 올리기로 했고, 회의에 참석하지 않은 야호랑에게도 공지해서 적극적으로 참여하도록 독려하기로 했다.

회의가 끝났고 가을은 어안이 벙벙했다. 이러다가 신우도 위구슬을 먹게 되는 게 아닐까? 말도 안 돼. 위구슬을 먹고 현에 대한 기억을 모두 잊은 은세연이 떠올랐다. 은세연이 현을 기억하지 못하는 것처럼 신우도 가을을 잊게 될 거다. 신우에게 잊히고 싶지 않다. 신우와 헤어지고 싶지 않다. 가을을 알아보지 못하는 신우를 상상하자 심장이 조이듯 아팠다. 현은 계속 이런 마음으로 지내고 있는 걸까? 현에게 진심으로 미안했다.

가을은 생각하고 또 생각했다. 어떻게 해야 하지? 가을이 신우의 존재를 밝히지 않으면 만만통에서 모를 거다. 하지만 신우가 야호랑의 정체를 알고 있음을 아는 야호랑이 가을만은 아니다. 또 누가 있더라. 가을은 따져 보았다.

할머니, 엄마, 유정, 휴, 현, 선, 수수, 율. 그들은 가을이 부탁하면 신우에 대해 함구할 것이다. 현이 조금 걱정이긴 한데 신우는 현의 친구이기도 하다. 공지가 올라가기 전에 신우의 존재를 비밀로 해 달라고 부탁해야겠다. 거기까지 생각이 미쳤는데 불현듯 범녀가 떠올랐다. 아아, 범녀도 가을의 인간 남자 친구를 알고 있다. 범녀가 안다는 건 자인도 알고 있다는 건데.

좌절한 가을은 그대로 책상에 엎드려 버렸다. 그때 선이 가을을 불렀다. 몸을 일으켜 보니 다들 회의장을 나간 상태였다. 회의장에는 가을과 선만 남아 있었다.

"가자, 가을아. 데려다줄게."

가을은 멍한 상태로 선의 차에 올랐다. 가을은 창문에 머리를 툭툭 부딪쳤다.

"신우 때문에 그러지?"

가을이 세차게 고개를 끄덕였다.

"어머니는 어떻게든 내가 막아 볼게."

"감사해요."

하지만 가을은 마음을 놓을 수 없었다. 그건 선도 마찬가지인지 표정이 어두웠다. 선은 자신의 어머니를 누구보다 잘 알 테지.

"어머니도 내가 부탁하면 신우 이야기를 쉽게 하지는 않을 거야."

"하지만 아무 대가 없이 부탁을 들어줄 분은 아니시죠."

"그래, 나도 알아."

범녀는 가을에게 둔갑술 정지 명령을 취소해 달라고 부탁하거나 어쩌면 원호 자리를 달라고 요구할지도 모른다. 범녀 입을 막는 것보다 다른 해결책을 찾아야 한다.

"우리의 정체를 아는 인간을 해결할 다른 방법이 정말 없을까요?"

호랑은 야호랑의 정체를 아는 사람들을 입막음하는 일에 만만통 예산을 쓰는 걸 반대했다. 하지만 만만통의 지갑이 아닌 다른 곳에서 돈이 나오면 찬성하지 않을까? 선은 돈이 얼마나 있지? 선이 그 비용을 내줄 수 있을까? 하지만 언제까지 그 비용을 선이 대 준단 말인가? 가을은 무리한 부탁이라는 것을 알기에 아예 돈 이야기는 꺼내지도 못했다. 대신 푸념을 하고 말았다.

"왜 우리는 숨어 살아야만 하죠? 우리가 인간을 해치지 않잖아요."

가을은 야호족의 정체를 밝히지 못한 채 인간으로부터 숨거나 도망쳐야 하는 신세가 서글펐다. 령에게 구슬을 받아 야호족이 된 이후 정체를 숨겨야 한다는 주의를 단단히 들었다. 그렇게 가을은 오백 년을 피하고 숨으며 지냈다.

"사람들은 자신과 다른 존재를 두려워해. 너희도 구미호니 뭐니 하는 이야기로 많이 힘들었지? 그 옛이야기를 만든 게 우리 호랑족이니 할 말은 없지만."

옛날부터 여우는 무덤가에서 자주 발견되었다. 그걸 보고 사람들은 여우가 무덤을 파헤친다거나 귀신이 들려서 그렇다고 여겼다. 하지만 여우는 양지바른 곳을 좋아해서 무덤가에서 쉬었을 뿐이다. 무덤은 풀도 적당히 많고 햇빛도 잘 비추니까. 호랑족은 이런 여우 특성에 살을 붙여 구미호 이야기를 만들었다.

"여우를 요물 취급해서 속상해요. 가족을 해치는 여우 누이 이야기는 정말 말도 안 돼요."

"우리 호랑족들도 말도 안 되는 이야기로 많이 힘들었어. 호랑이와 가까이 지내면 화를 입는다는 호환이란 말이 있을 정도잖아."

가을은 선의 말에 고개를 끄덕였다. 호랑이에 대한 안 좋은 이야기는 여우만큼 많다. 한 가지 차이가 있다면 여우에 관한 안 좋은 이야기는 호랑족이 만들었다면, 호랑이에 대한 안 좋은 이야기는 인간에 의해 생겼다는 것이다.

"혹시 창귀 이야기 알아?"

"네. 들어 봤어요."

가을은 야호가 되기 전에 창귀 이야기를 할머니한테 들었다. 할머니는 산속 깊은 데는 절대 가지 말라며, 호랑이에게 물려 죽으면 창귀가 되어 호랑이의 노예로 살아야 한다고 했다. 창귀 이야기가 끔찍한 건 창귀에서 벗어나는 방법 때문이다. 창귀가 된 영혼이 호랑이에게서 벗어나기 위해서는 아는 사람을 불러내어 호랑이에게 잡아먹히게 해야 한다. 일종의 물귀신 작전으로 '다리 놓기'라고 불린다. 자기 대신에 다른 사람을 호랑이한테 바친다는 이야기 때문에 사람들은 호환을 당한 집과는 사돈의 팔촌하고도 혼사를 맺지 않았다.

"우리도 야호족처럼 인간과 어울려 살던 시절이 있었단다. 우리는 인간과 함께 살아가기 위해 사냥을 통해 먹을거리를 마련해 주고 여러 위험에서 지켜 주기도 했지. 하지만 그 끝은 늘 안 좋았단다. 인간과 잘 지내기에는 인간이 우리에게 가진 두려움이 너무 큰 것 같아."

"호랑족도 고충이 많았겠어요."

"그래서 되도록 인간을 가까이하지 않게 된 거야."

가을은 이미 유정을 통해 호랑족으로 살면서 겪어야 했던 어려움을 들었다. 돈을 달라고 협박하면 그나마 다행이었다. 끔찍한 괴물이라며 없애 버리겠다고 집에 불을 지르거나 죽이려고 했다. 가을은 야호와 호랑이 인간과 어울려 살 수 없다는 사실이 안타까웠다.

"저는 신우와 헤어지고 싶지 않아요. 물론 저도 알아요. 언젠가는 신우와 헤어져야 한다는걸요."

가을은 알면서도 내내 피했던 말이었다.

"신우와 제가 헤어지는 이유가 위구슬 때문은 아니었으면 좋겠어요."

"너무 걱정하지 마. 지금까지 야호나 호랑이 쓴 방법이 아닌 다른 방법을 찾아보자. 분명 뭔가 방법이 있을 거야."

선은 걱정하는 가을을 다독였다.

"가을아, 아빠랑 엄마는 네가 최우선이야. 우리는 너를 지키기 위해 뭐든 할 거야."

선이 자신을 '아빠'라고 말했다. 그 단어를 말할 때 선의 목소리가 꽤 많이 떨렸지만 가을은 모르는 척했다.

가을은 율에게 연락을 해 만날 수 있느냐고 물었다. 지난번 율이 말했던 커밍아웃 이야기를 조금 더 자세히 듣고 싶었다. 더 이상 숨을 수 없다면 드러내는 것도 방법일 것 같았다. 휴의 집에서 만나기로 해 가을은 할머니가 준 반찬을 들고 갔다. 집에는 휴만 혼자 있었다.

"율은?"

"일이 있다고 해서. 시간 맞춰 올 거야. 율이잖아."

율은 시간이 곧 신뢰라고 생각해서 약속 시간에 늦은 적이 단 한 번도 없다고 했다. 아직 약속 시간까지 30분 이상 남았다. 가을은 거실 소파에 앉아 율을 기다렸다. 조급한 마음에 율을 만나러 오긴 했지만 율이 어떤 동아줄이 되어 줄지 잘 판단이 서지 않았다.

"그런데 율이 정말 믿을 만한 야호인 거 맞아?"

"당연하지. 내가 가장 믿는 야호야."

휴는 율과 한번 이야기해 보라고 했다.

"참, 유정이는 아직 고민 중인 거야?"

"선택이 쉽지 않나 봐."

가을과 휴는 자연스레 율과 유정의 이야기를 했다. 휴는 율이 누군가를 이렇게 좋아하는 건 처음 본다며 유정에 대한 마음이 진심일 거라고 했다.

"율이 진짜 괜찮은 앤데."

"그래서 유정이도 그렇게 고민하는 거겠지."

가을은 유정에게 현과 동일선상에 놓고 고민할 대상이 나타날 거라고는 상상도 하지 못했다.

"유정한테는 현만 있을 줄 알았는데……."

"시간이 지나면 뭐든 변하기 마련이니까."

휴의 말에 가을은 씁쓸함을 느꼈다. 휴가 가을과 신우를 가리켜 말한 건 아니지만 가을은 신우 생각을 하지 않을 수가 없었다. 가을과 신우의 사랑은 시한부다. 당장 신우와의 5년 후, 10년 후조차 꿈꿀 수 없다. 가을은 그걸 알면서도 신우의 기억을 억지로 지우는 것만큼은 막고 싶었다.

휴와 율은 동고동락하는 막역한 사이였지만 가을은 율에 대해 깊이 알지는 못한다. 가을이 알고 있는 건 휴가 처음으로 구슬을 나누어 준 인간이 율이라는 것뿐이다.

"율이는 어떻게 알게 된 거야?"

"빨리도 물어본다. 왜 갑자기 율이 궁금한데? 이번 야호랑 긴급회의 때문이야?"

"그 전까지 나는 그냥 종야호일 뿐이었잖아. 율이 어떤 야호인지 몰라도 상관없었어. 하지만 지금 나는 그때랑 다르니까. 율이 야호들에게도 꽤 영향력이 있다는 것은 알고 있어. 그래서 더 알고 싶어. 이번 야호랑 긴급회의 때문이기도 하고."

"율은 내가 보장해. 사실 율이 아니었으면 지금의 나는 없었을 거야."

휴는 율과 처음 만난 이야기를 들려주었다.

야호족과 호랑족이 처음 이 세상에 탄생했을 때는 지금처럼 정체를 철저하게 숨기고 살지는 않았다. 고조선도 곰에서 인간이 된 웅녀의 아들 단군에게서 시작한 나라였으니 당시 사람들은 여우와 호랑이가 인간으로 변신하는 것에 대해 큰 거부감이 없었다. 하지만 사람의 수가 점차 늘어나면서 야호와 호랑은 인간 사회에서 서서히 밀려났고 언제부터인가 동물이 인간으로 변하는 일은 신화나 전설 속 이야기로만 여겨졌다.

고조선 후기, 휴는 령과 함께 한 마을에 정착했고 그때 어린 율을 만났다. 율은 부모님이 병으로 돌아가신 후 할머니와 단둘이 사는 남자아이였다. 열 살쯤 된 율의 반짝거리는 눈에는 총명함이 가득했다. 그때 이미 율은 해를 이용해 시간 보는 법을 알았고, 다양한 덫을 만들어 사냥을 했다. 수장은 그런 율을 아들처럼 아꼈다. 마을 사람들도 다들 율이 수장이 되고도 남을 인재라며 수장의 아들로 태어나지 못한 걸 제 일처럼 아쉬워할 정도였다.

　휴는 어린 율과 마음이 잘 맞아 금세 가까이 지냈다. 평범한 인간 남자인 것처럼 여름이면 먹을 감으러 다녔고 겨울에는 사냥을 하러 함께 다녔다. 머리가 비상한 율과 함께 있으면 이래저래 편한 점도 많았지만 무엇보다 진짜 사람 친구가 생긴 기분이었다. 시간이 흘러 율은 휴와 비슷한 나이가 되었다. 휴는 율과 지내는 게 즐겁다 보니 그 지역에 조금 더 오래 머무르게 되었다.

　"나, 형이 누군지 알아. 형은 야호족이지?"

　어느 날 율이 말했다. 휴는 아차 싶었다. 너무 오래 이 동네에 머물러 있었다. 동네 사람들은 휴와 령을 보면 가끔 처음 봤을 때랑 똑같다며 늙지 않아서 부럽다고 말했다. 하지만 크게 이상하게 여기지는 않았다. 그러나 눈치도 빠르고 영리한 율은 이 둘이 사람과는 다른 존재라는 것을 꿰뚫어 본 것이다.

　"야호족은 겉모습은 사람이지만, 그 안에 여우가 들어 있대. 그래서 절대 늙지 않는다고 했어."

율은 할머니에게 먼 옛날부터 전해져 오는 야호족의 이야기를 전해 들었다고 했다.

"그건 이야기 속에서나 존재하는 거야."

휴는 말도 안 된다며 웃었고 율도 따라 웃었다. 휴는 앞으로 율 앞에서는 더 조심해야겠다 생각했다. 그럼에도 휴와 령은 동네를 떠나기 싫었기에 조금씩 나이든 모습으로 둔갑하며 지냈다.

그러다 옆 마을에서 야호와 인간이 사랑에 빠진 일이 생겼다. 인간은 집에서 정해 준 정혼자를 두고 야호와 함께 도망을 쳤고 동네는 한바탕 난리가 났다. 인간 스스로 사랑을 택해 떠난 거였지만 여우에게 홀려 타지에서 죽었다는 소문이 돌았다.

어느 날 밤 율이 숨을 헐떡이며 휴를 찾아왔다.

"형, 도망쳐. 마을 사람들이 형과 누나를 잡으러 올 거야."

휴와 령은 인간과 함께 사라진 옆 마을 야호와 친하게 지냈기 때문에 마을 사람들은 같은 여우라고 의심하고 있었다. 그러던 중 휴가 산속에서 여우로 변하는 걸 마을 사람들이 목격한 것이다.

휴와 령은 율 덕분에 무사히 마을을 빠져나왔다. 하지만 휴는 율이 걱정되어 그대로 떠날 수가 없었다. 설마 수장이 아들만큼 아낀 율을 해치지는 않겠지 싶었지만 자꾸만 율이 눈에 밟혔다. 휴는 령에게 율을 그대로 두고 갈 수 없다며 먼저 가라고 했다. 휴는 다른 사람으로 둔갑하여 마을로 다시 돌아갔다.

휴와 령이 살던 집은 활활 불타고 있었고 마을 사람들은 한데 모여 율을 추궁하고 있었다. 수장이 율에게 휴와 령이 여우가 맞느냐며, 그들에 대해 아는 것을 하나도 빠짐없이 다 말하라고 했다. 하지만 율은 매를 얻어맞으면서도 입을 열지 않았다. 율을 향한 매질은 더욱 거세졌고 지켜보던 율의 할머니가 쓰러졌다. 휴는 가만히 보고만 있을 수 없었다. 저들을 물리치고 율을 구해야 한다. 휴가 나서려고 하는데 뒤따라 온 령이 휴의 팔을 잡으며 고개를 저었다. 새벽까지 매질이 이어졌지만 율은 끝까지 아무 말도 하지 않았다. 결국 율은 정신을 잃고 쓰러졌다. 수장은 율에게 물 한 모금이라도 건네는 사람은 그게 누구든 엄벌에 처하겠다고 엄포를 놓았다.

휴와 령은 마을 사람들이 흩어지자 곧바로 초주검이 된 율과 정신을 잃은 할머니를 데리고 마을을 떠났다. 휴는 율과 율의 할머니를 정성껏 간호하며 언제까지나 지켜 주겠다고 마음먹었다. 야호는 한번 입은 은혜는 반드시 갚는다. 율은 곧 정신을 되찾았지만 율의 할머니는 끝내 깨어나지 못했다. 할머니를 묻으며 율이 얼마나 슬피 울었는지 그날 일을 떠올리면 휴는 여전히 율에게 미안했다.

그렇게 몇 년이 지났고 구슬 발현 시기가 되었다. 어느새 율은 휴보다 더 나이 많은 청년이 되었다.

"형, 나도 형처럼 야호족이 되고 싶어. 내게 구슬을 나눠 주면 안 돼?"

율은 계속 휴를 졸랐다.

"율아, 나이 들지 않는다는 것은 좋은 점만 있지 않아. 너는 인간의 삶을 살렴."

휴는 끝나지 않는 삶의 고통을 몸소 경험하고 있기에 율을 만류했다. 사실 구슬 발현 시기가 몇 차례 있었지만 단 한 번도 인간에게 구슬을 나눠 주지 않았다. 구슬이 아까워서가 아니라 구슬을 얻어 야호가 되면 평범한 삶을 살 수 없기 때문이다. 하지만 율은 계속해서 휴를 졸랐다. 율은 더 먼 미래 세상에서 살아 보고 싶다고 했다.

"나는 앞으로 인간 세상이 어떻게 변할지 궁금해. 야호족에게 꼭 필요한 야호가 될 거야. 내가 야호족을 도울 수 있을 거라고."

휴는 율에게 진지하게 물었다.

"너, 정말 야호족이 되어도 후회하지 않을 자신 있어?"

율은 절대 후회하지 않을 거라고 했다.

휴는 구슬 발현이 끝나기 전에 율에게 구슬을 나누어 주었다. 율은 다짐한 대로 야호에게 꼭 필요한 존재가 되었다. 율의 지혜 덕분에 야호족은 여러 차례 인간들에게 발각될 위기를 넘겼다.

한동안 율은 휴에게 형이라고 불렀지만 언제부턴가 형이라고 부르지 않았다. 휴도 율에게 형이라고 불리고 싶지 않았다. 둘은 친구였으니까. 아주 가끔, 몇백 년에 한 번씩 율이 휴를 형이라고 부르기는 했다. 주로 휴에게 부탁할 일이 있을 때였다.

휴의 이야기가 끝날 즈음 율이 도착했다. 가을은 휴의 이야기를 듣고 나서 그런지 율이 조금은 다르게 보였다. 평소와 달리 가을은 율을 반갑게 맞이했다. 율은 야호랑 회의 때 나온 위구슬 이야기를 들었다면서 자신만만하게 말했다.

"가을아, 날 잘 찾아왔어."

새로운 시대

이제까지 야호와 호랑은 자신의 정체를 숨기며 살았다. 들키지 않기 위해 둔갑했고, 발각이 되었을 때는 각자의 방법으로 인간을 회유하거나 없앴다. 율은 이제는 커밍아웃이 필요한 시기가 되었다며 확신에 가득 차 말했다.

"계속 숨길 수 없다면 밝히는 거야. 앨버트가 그랬어. 같은 방법으로 일을 되풀이하면서 다른 결과가 나오기를 바라는 것처럼 어리석은 일은 없다고."

"앨버트가 설마 아인슈타인 말하는 거야?"

가을이 묻자 율은 스위스에서 지낼 때 잠깐 알고 지냈다며 어깨를 으쓱해 보였다. 율은 인간에게 야호랑의 역사를 충분히 설명한 후 수천 년 동안 불멸하는 종족이 있음을 숨기지 않고 드러내자고 했다.

가을은 율의 제안에 마음이 끌렸지만 인간이 믿어 줄지 우려가 되었다. 인간은 진실보다 자신이 믿고 싶은 대로 믿는 경향이 있다.

가을은 커밍아웃 계획에 대해 궁금한 점을 물었다.

"인간들이 우리 말을 믿어 줄까? 우리를 사기꾼 취급할 거야."

"그건 걱정 마. 우리가 나이 들지 않고 수천 년을 살아왔다는 증거를 제대로 보여 줄 테니까."

율은 인간에게 우리 종족을 설명할 수 있는 자료를 이미 많이 준비해 놓았다고 했다.

"언제까지 숨어 살 수는 없어. 우리가 힘이 없는 것도 아니잖아. 우리는 괴물이 아니야. 우리는 이 시대의 선지자가 되어야 해. 가을아, 네가 태어난 조선 시대와 비교해 봐. 세상이 그대로니?"

"당연히 변했지."

"하지만 내가 태어났을 때나 지금이나 인간의 두려움은 그대로라고 생각해. 정보가 많아지거나 돈이 많아진다고 두려움이 사라지는 건 아니야. 인간들이 가장 두려워하는 게 뭔지 알아?"

인간은 무엇을 두려워할까. 나는 살면서 무엇이 가장 두려웠을까. 가을은 잘 모르겠다고 대답했다.

"인간들은 불확실한 것을 가장 두려워해. 예측할 수 없는 것과 대비하지 못하는 것을 두려워하지. 인간의 삶은 유한하고 언젠가 죽을 수밖에 없어. 인간에게 죽음은 가장 확실하지만 불확실한 것이지. 하지만 우린 아니잖아. 우린 수천 년 전부터 세상이 변화하는 것을 보았고 앞으로도 영원히 살아가며 그럴 거야. 우리는 인간의 두려움을 뛰어넘은 존재로, 미래에 대한 새로운 대안을 제시해 줄 수 있어."

율은 지금 세상에서는 야호와 호랑이 인간에게 충분히 환영받을 수 있다며 그렇게 만들어 주겠다고 이야기했다. 하지만 가을은 확신이 들지 않았다.

"이건 인간을 위한 것만이 아니야. 우리를 보호하기 위한 방법이기도 해. 숨는 건 죄를 지은 자들이나 하는 행동이야. 우리가 스스로 숨었기 때문에 이상한 존재가 된 것일 수도 있어. 우리가 당당하게 정체를 드러내면 더 이상 인간은 우리를 함부로 해치지 못할 거야."

이제까지 가을은 자신의 정체를 스스로 인간에게 밝힌 적이 없다. 신우에게는 어쩔 수 없이 들켜서 정체를 드러냈는데 신우는 꽤 놀라긴 했지만 잘 받아들였다. 하지만 모든 인간이 신우 같지는 않다. 야호랑이 평범한 인간이 아님을 알게 된 인간들 대부분은 야호랑을 쫓아내거나 해치려고 했다. 그러나 율은 우리가 지레 겁먹고 계속 숨었기 때문에 인간이 야호랑을 기피하게 된 것이라고 반박했다.

"언제까지 우리는 숨어 살아야 할까? 백 년? 이백 년? 아니면 영원히? 우리의 정체를 알게 된 인간을 어떻게 처리하려고? 위구슬로 기억을 통제하는 게 최선일까? 너는 네 남자 친구에게 잊히고 싶어?"

가을은 고개를 저었다. 그것만큼은 싫다. 가을은 율에게 여론을 어떻게 우호적으로 만들 수 있는지 물었다.

"너 제임스 정 알지?"

"당연하지. 근데 제임스 정이 왜?"

"제임스 정이 우리를 도울 거야. 그는 야호거든."

가을은 놀라서 몇 번이나 진짜냐고 되물었다. 휴는 이미 알고 있었는지 놀라지 않았다.

율은 제임스 정을 아주 오래전부터 알고 지냈다며 자신의 후원으로 공부를 했고 사업을 시작하게 되었다고 했다.

"2년 전 구슬 발현 시기에 제임스 정에게 구슬을 나누어 주었어."

율은 구슬 발현 시기마다 야호에게 도움이 될 만한 인간을 선택해 구슬을 나누어 주었다고 했다. 사실 율은 몇십 년 전부터 야호의 정체를 세상에 드러낼 계획을 세웠다. 다만 호랑족이 단 하나의 걸림돌이었는데 가을이 야호와 호랑을 통합하면서 이제는 때가 되었다고 생각했다.

가을은 야호랑 원로 회의에서 야호랑 커밍아웃 계획을 이야기해 보기로 결심했다.

"율아, 이건 원호인 나 혼자 결정할 수 있는 문제가 아니야. 다른 야호랑에게 동의를 받아야 해. 회의에서 나에게 한 이야기 그대로 할 수 있지?"

"그럼. 내가 다 알아서 할게."

율은 원로들을 설득할 수 있다며 확신에 차 대답했다.

"근데 원로들 만만치 않을 거야. 본야호와 본호랑은 종야호를 좀 얕잡아 보거든. 완전 꼰대 집단이라고."

가을의 말에 휴와 율이 동시에 웃었다. 휴는 동의한다며 자기가 그래서 이제까지 회의에 참석하지 않았던 거라고 했다. 가을은 처음 야호족 회의에 참석했던 일을 떠올렸다. 최초 구슬을 가졌음에도 본 야호가 아니라는 이유로 가을을 대놓고 무시했다. 이제 겨우 가을을 원호로 인정하는 것 같지만 수천 년을 살아온 본야호와 본호랑 앞에서 가을은 여전히 어린아이일 뿐이다. 가을은 율에게 단단히 각오하라며 주의를 주었다.

가을은 기가 막혀서 말이 나오지 않았다. 이들이 정녕 본야호와 본호랑들이 맞단 말인가? 율의 발언을 듣는 본야호와 본호랑은 다들 고개를 끄덕이며 호응했다. 열린 마음이란 게 무엇인지 보여 주러 작정하고 온 이들 같았다.

가을은 야호랑들에게 묻고 싶었다. 정말 이러시깁니까? 처음 제가 원호 자리에 올라 회의에 참석했을 때 율에게 했던 것의 반의반만큼이라도 해 주셨으면 얼마나 좋았을까요. 가을이 본야호가 아니라고 무시했던 본야호들마저도 종야호인 율은 조금도 무시하지 않았다. 어쩌면 본이든 종이든 아무 상관없던 걸까. 가을은 말로는 하지 못하고 속으로만 끙끙 앓았다.

물론 율이 말 하나는 믿음직스럽게 잘했다. 율이 선거에 나오면 가을은 앞뒤 안 가리고 율에게 투표를 할 거다.

"일개 인간이었던 저는 구슬을 얻어 야호가 되었습니다. 그게 벌써 2천 년도 훌쩍 지난 일이지만 저는 인간이었던 시절을 기억하고 야호로 살게 된 은혜를 잊지 않고 살았습니다. 아시다시피 저는 제가 가진 것 대부분을 만만통에 기부했습니다. 하지만 아직 부족합니다. 저는 야호랑을 위해 무슨 일을 더 할 수 있을지 항상 고민 중입니다."

가을은 자신도 모르게 율의 말에 귀 기울이고 있었다. 옆에 있던 휴가 "너도 율에게 푹 빠졌구나." 하고 웃었다. 그제야 가을은 정신을 차렸다. 이게 바로 휴가 말한 율의 능력인가 보다. 율은 언제 어디서든 열렬하게 환영받았다.

율은 자신의 빼어난 외모와 뛰어난 언변도 사람들의 마음을 사로잡는 데 한몫했겠지만 결국 마음을 움직이는 건 진심과 정성이라고 말했다. 율은 한국으로 오기 전부터 미리 야호랑 원호들에게 연락해 물밑 작업을 해 두었다. 원래 알고 지낸 본야호뿐만 아니라 새롭게 인연을 맺은 본호랑과 가까워지기 위해 꽤 많은 노력을 한 모양이다. 그러고 보면 휴가 율에게 구슬을 나누어 주길 잘한 것 같다.

"야호랑의 정체를 드러내는 일은 우리를 위해 오랫동안 계획한 일입니다. 이건 제가 계획한 커밍아웃 단계입니다."

율은 세상에 야호와 호랑을 어떻게 드러낼지 구체적인 계획을 이미 갖고 있었다. 율은 단기 1년, 중기 3년, 장기 5년의 프로젝트에 대해 설명했다.

공식 회견을 통해 야호와 호랑의 존재를 알린 뒤 증거로 미리 제작한 다큐멘터리를 공개한다. 야호와 호랑에 대한 우호적인 여론을 만들어 야호와 호랑이 특별한 존재로 자리 잡을 수 있도록 만든다.

"능력 있는 야호님과 호랑님 들이 나서 주셔야 합니다. 인간이 가질 수 없는 것을 저희는 가졌습니다. 그건 단순히 우리가 불멸하기 때문만은 아니지만 인간과의 가장 큰 차별점이죠. 우리는 백 년도 채 살지 못하는 인간들과는 다릅니다. 우리에겐 긴 생명만큼 이 세상에 대한 책임이 있습니다. 우리는 이 세상의 선지자가 되어야 합니다."

율의 말이 끝났을 때 가을은 저도 모르게 박수칠 뻔했다. 간신히 자중했지만 다른 야호와 호랑 들은 이미 힘껏 박수를 치고 있었다. 가을이 보태지 않아도 반응이 뜨거웠다.

오늘 회의에 오기 전 가을은 야호랑으로 오랫동안 살아온 할머니, 엄마, 유정, 현과 이야기를 나눴다. 모두 율의 계획을 크게 반겼다. 유정은 왜 우리가 죄를 짓거나 잘못을 한 게 아닌데 계속 숨어야 하느냐고, 숨기 때문에 죄를 지은 것과 다름없는 처지가 된 게 아니냐고 율과 같은 말을 했다. 현마저도 율의 생각에 찬성했다.

진도 율의 계획을 지지했다. 백 년도 채 안 되는 짧은 인생을 사는 인간은 미래를 상상하지 못한다. 야호랑이 인간에게 길라잡이가 되어야 한다는 게 진의 생각이었다.

"그런데 그 청사진은 인간들이 우리의 존재를 환영할 때 가능한 것이지 않습니까? 과연 인간들이 우리 예상대로 움직일까요?"

삐딱한 자세로 앉은 자인이 질문을 던졌다. 율은 조금도 당황하지 않고 오히려 한 번 미소를 지은 채 곧바로 대답을 이었다.

"감사한 질문입니다. 당연히 우려되실 겁니다. 인간은 생각보다 더 조종하기 쉽습니다. 대세라는 것을 따르기 마련이죠. 그리고 그 대세를 만드는 게 바로 미디어와 언론입니다. 제임스 정을 아시죠?"

율이 제임스 정에 대해 간략하게 소개했지만 여기 모인 야호랑 중에 제임스 정을 모르는 이는 없어 보였다. 제임스 정이 도울 거란 말에 분위기는 찬성 쪽으로 완전히 기울었다.

지난번 회의에서 논의했던 기억 삭제 프로젝트는 무효 처리 하고, 율이 제안한 커밍아웃 프로젝트에 대해 모든 야호와 호랑에게 의견을 수렴하기로 했다. 회의 분위기는 내내 화기애애했다.

가을이 회의를 정리하고 끝내려는데 한 호랑이 율에 대해 궁금한 게 있다며 손을 들었다.

"수바르와 친분이 있다고 들었는데 정말인가요?"

수바르는 세계 10대 부호 중 하나로 아랍 에미리트의 재벌이다. 율이 웃으며 야호랑들에게 혹시 회의가 끝나고 시간이 되느냐고 물었다. 다들 가능하다며 한목소리로 말했다. 순간 가을은 이곳이 율의 팬 미팅 장소가 아닌가 착각이 될 정도였다.

"너도 가려고?"

휴가 가을에게 물었다. 가을은 다른 야호랑과 같이 그대로 자리에 앉아 있었다. 회의 끝나고 급한 일이 없기도 했지만 율의 이야기가 궁금했다. 율은 야호랑에게 식사 대접을 하고 싶다고 했고 가을도 율의 팬클럽, 아니 야호랑에 휩쓸려 함께 율을 따라 나갔다. 맨 마지막으로 나온 휴가 길게 이어진 야호랑 무리를 보며 어이없다는 듯 웃었다. 피리 부는 사나이를 뒤쫓는 아이들이 따로 없었다.

야호랑 원호들의 요청에 따라 제임스 정이 야호랑과 미팅을 가졌다. 대부분의 야호랑은 온라인으로 참여했고 가을과 몇몇 야호랑만이 제임스 정을 직접 대면했다. 제임스 정이 그동안 줄기차게 이야기한 '상상력'은 야호랑의 커밍아웃을 위한 밑작업이었다. 제임스 정이 야호랑에 대한 우호적인 여론을 만들어 준다면 야호랑이 더 이상 정체를 숨기지 않고 살아가는 미래가 가능할 것처럼 보였다.

가을은 제임스 정을 만나기 전에 제임스 정이 나온 기사와 영상을 찾아보았는데, 실제로 보니 방송으로 보던 것보다 훨씬 더 유쾌하게 말을 잘했다. 또한 예순이 넘어 야호가 되었다고 들었는데 그보다 더 젊어 보였다.

제임스 정은 야호와 호랑 들에게 자신은 초보 야호라며 잘 부탁드린다고 했다. 무엇보다 제임스 정은 율을 깍듯하게 대했다. 겉으로 보기에는 율이 한참 어리지만 제임스 정은 율을 선생님이라고 불렀다.

일정이 끝난 후 가을, 휴, 진, 율, 제임스 정은 함께 식사를 하기로 했다. 율은 고급 한정식 식당으로 일행을 데려갔다.

식사가 나오기 전 진이 제임스 정에게 물었다.

"근데 율과 어떻게 알게 되었어요?"

"제가 있던 보육원을 선생님께서 후원해 주셨거든요. 지금 제가 여기까지 온 건 모두 선생님 덕분이에요. 선생님을 만나지 않았다면 지금의 저는 존재하지 않았을 거예요."

제임스 정이 겸손하게 말했다. 제임스 정이 인터뷰마다 말한 특별한 존재이자 은인이 바로 율이었다. 제임스 정은 마음 깊이 율을 존경하는 것 같았다.

"그건 다 네가 뛰어나서지. 낭중지추라고 누구라도 너를 알아봤을 거야. 이 녀석 보통내기가 아니야. 내가 살아온 여러 인생을 하나로 꿰어 맞춰 내가 야호인 걸 알아차렸다니까."

율은 제임스 정을 기특한 손주처럼 대했다.

"저는 선생님이 시키는 건 뭐든 할 거예요."

그 말을 듣고 옆에 있던 휴가 율에게 장난스럽게 말했다.

"너도 제임스 정 좀 본받아. 예전처럼 나를 형이라고 불러."

"그게 언제 적 일인데. 이제 형이라는 말 오글거려 못하겠어."

율은 고개를 절레절레 저었고 모두 그 모습에 웃음을 터뜨렸다.

음식이 나오자 제임스 정은 접시에 음식을 담아 율에게 먼저 건넸다. 율은 자연스럽게 접시를 받아 먹었다.

제임스 정이 다음 음식을 접시에 더는데 손목에 찬 시계가 보였다. 시계에 다이아몬드가 박혀 있어 손을 움직일 때마다 반짝반짝 빛났다.

"시계가 참 멋져요."

휴가 말하자 제임스 정은 율이 선물해 준 시계라 늘 몸에 지니고 다닌다고 답했다.

"내가 이 녀석에게 구슬 주면서 같이 선물한 거야. 이 브랜드 백 주년 한정판으로 전 세계에 딱 열 개만 있어."

휴는 율에게 자기한테는 한 번도 그런 거 준 적 없지 않느냐며 중얼거렸고, 율은 너는 줘도 차지 않을 거 아니냐고 말했다. 휴는 그건 그렇다고 곧바로 수긍했다.

가을이 한창 식사를 하는데 할머니에게 메시지가 왔다.

> 가을아, 제임스 정 사별했다고 들었는데,
> 지금 애인 있는지 좀 물어봐 주련?
> 딱 내 이상형이야.

할머니도 참. 가을은 이따가 답을 해야지 싶어 화면을 끄는데 또 메시지가 왔다.

> 내가 제임스 정을 만나려고
> 이 긴 시간을 혼자 지냈나 봐.

가을이 얼굴을 찡그리자 옆자리에 앉은 진이 누구냐고 물었다. 가을은 아무것도 아니라고 얼버무렸다.

다시 찾아온 미래

유정은 고심 끝에 드디어 결정을 내렸다. 율의 고백을 받아들이지 않기로 했다. 화상 회의 덕분에 유정은 결정을 내릴 수 있었다. 신체 나이가 꽤 있는 야호랑들은 제임스 정에게, 젊은 야호랑들은 율에게 흠뻑 빠졌다. 하지만 유정은 반대로 현실을 자각했다.

"율은 모든 야호랑의 남자야. 나는 나만의 호랑이 좋아."

유정은 고개를 절레절레 흔들며 말했다.

가을은 '그렇다고 현이 네 남자가 될 의향이 있는 건 아니잖아.'라는 말을 꾹 삼켰다. 대신 현을 다시 좋아하는 거냐고 물었다.

"아니. 현이 좋아하는 것도 안 할 거야."

"정말? 그러면 율이랑 왜 사귀지 않는 건데?"

유정은 현 때문에 율의 고백을 거절한 게 아니라고 했지만 가을은 이해가 잘 되지 않았다. 유정은 빙긋 웃은 후 말했다.

"현이 덕분에 오백 년의 시간이 정말 금세 지나갔어. 나는 늘 현이 생각에 바빴으니까. 어떻게 하면 현이가 좋아할까. 현이는 지금 뭐 하고 있을까. 현에게 고백을 거절당한 후 율과 만나면서 처음으로 현이 생각을 하지 않았던 것 같아. 나는 현이 생각을 안 하면 못 살 줄 알았는데 아니더라고."

유정은 담담하게 말했다.

"당분간 나에게만 집중하고 싶어. 그동안 쭉 현이 내 삶의 중심이었거든. 나한테 좀 미안하더라고."

유정에게 있어서 현은 태양이었고 유정은 그 주위를 도는 행성이었다. 유정은 앞으로는 자신이 태양이 될 거라고 당당하게 말했다.

"오, 유정. 좀 멋진데?"

"고작 조금?"

가을은 '많이'라고 정정했다. 순간 가을은 유정을 언니라고 부르고 싶었다.

"현이한테도 말했어. 율이랑 사귀지는 않지만 앞으로는 너를 예전처럼 좋아하지 않을 거라고. 그러니까 친구로 지내자고 말이야."

"현이가 뭐래?"

"알겠대."

어쩐지 아까 마주친 현의 얼굴이 여느 날과 달리 밝아 보였다. 율이 나타난 이후로 현은 내내 죽상이었다.

"가을아, 그런데 나는 아직 현이 좋아. 이건 현이한테 비밀이야."

가을은 비밀을 지킬 거라고 걱정하지 말라고 했다. 앞으로 유정이 현보다 자기 자신을 더 많이 좋아하기를 가을은 진심으로 바랐다.

엄마와 선이 저녁을 먹으러 왔다. 선은 주말마다 집에 와서 저녁을 만들어 준다. 알고 보니 선은 다양한 요리 자격증이 있었고 수준급 요리 솜씨를 지녔다. 선의 요리를 먹으며 가을은 다시 한번 엄마가 결혼을 잘했다고 생각했다.

오늘 선은 중식 요리를 만들었다. 중식을 만든다고 해서 탕수육이나 짜장면 정도를 생각했는데 도미탕수와 해물누룽지탕을 준비했다. 한때 선은 중국에서 요리사로 살았다고 했다.

"중국이 음식은 정말 맛있는데."

유정이 중국 생활을 떠올리며 입맛을 다셨다. 선이 중국에서 지낼 때 유정과 현도 같이 있었다고 했다.

"그때 현이 너 도자기 배운다고 다니다가 사기당해서 끌려갈 뻔했잖아."

유정이 옛날이야기를 꺼냈고 현은 그 이야기는 하지도 말라며 화를 냈다. 숨기고 싶은 과거인지 현의 얼굴이 빨개졌다.

할머니가 선이 만든 음식을 먹으며 칭찬했다.

"어쩜 이렇게 요리를 다 잘해? 너무 맛있어."

"어머님 음식이 훨씬 맛있죠. 저는 아직 멀었어요."

"무슨 소리. 나는 자네 오는 저녁만 기다린다니까. 세상에서 가장 맛있는 밥은 남이 차려 준 밥이거든."

할머니는 정말로 맛있게 음식을 먹었다.

"매일 요리하느라 힘드시죠? 유정이랑 현이까지 챙겨 주시고. 정말 감사해요."

선이 미안해하며 말하자 할머니는 유정과 현도 자기 손주라며 그런 소리 말라고 했다.

식사가 끝난 후 선과 엄마는 설거지까지 하고 돌아갔다.

가을은 할머니 방으로 들어갔다. 아까 선의 말을 듣고 마음이 콕콕 찔렸다. 오백 년을 넘게 식사는 할머니 담당이었으니까. 가끔 엄마와 가을이 돕기는 했지만 말 그대로 돕는 수준이었다. 지금이야 제대로 된 주방 시설이라도 갖췄지 예전에는 아궁이에 불을 때서 밥을 하고 국을 끓였다. 그때 할머니는 얼마나 힘들었을까.

가을은 할머니 옆에 바짝 붙어 앉아 어깨를 주물렀다.

"할머니, 고생 많았어."

할머니는 시원하다며 조금 더 세게 주물러 달라고 했다. 가을은 앞으로 집안일을 많이 하겠다며 뭐든 시키라고 했다.

"괜찮아. 할머니는 그런 거 안 바라."

"아냐. 내가 더 할게. 이제까지 너무 할머니 혼자 한 거 같아."

가을은 어떻게든 할머니에게 보답하고 싶었다.

"내가 바라는 건……."

"그게 뭔데? 공부 잘하는 거?"

"아니. 학생이 학교만 가면 할 거 다 한 거지. 할머니는 그런 거 안 바라."

할머니가 손사래를 쳤다. 할머니, 엄마 둘 다 가을에게 공부 잘하라고 말한 적이 없긴 하다. 가을이 대학을 갈 생각이 없어서가 아니라 학생으로 지내는 게 얼마나 힘든지 알기 때문이다. 할머니와 엄마는 재작년에 가을과 함께 중학생으로 지낸 후에는 가을이 학교만 다녀와도 수고 많았다고 칭찬해 준다.

가을이 할머니 어깨를 토닥이며 물었다.

"그럼?"

"제임스 정은 언제 만나게 해 줄 거야?"

가을은 할머니 어깨에서 손을 딱 뗐다.

"잘 자, 할머니."

그 말을 남기고 가을은 얼른 할머니 방에서 나왔다.

가을과 유정은 늦잠을 자고 말았다. 알람이 울리긴 울렸는데, 둘 중 누가 알람을 껐는지 기억이 나지 않았다. 둘은 아침도 먹지 못한 채 급하게 학교로 달려갔다.

가을이 교실 뒷문을 열고 들어가는데 갑자기 주변이 어두워졌다. 다시 주위가 환해진 순간 가을은 집 앞에 서 있었다. 갑자기 왜 집으로 오게 된 거지?

가을이 두리번거리는데 집 앞으로 못 보던 대형 세단이 스르르 멈춰 섰다. 운전석 문이 열리며 누군가 내리는 게 보였다. 한 발 더 가까이 다가가 보니 제임스 정이다. 제임스 정이 가을네 집 앞에는 무슨 일이지? 가을을 만나러 온 건가? 제임스 정은 반대편 조수석으로 가더니 문을 열었다. 그곳에서 내린 이는 바로 할머니였다. 할머니는 엄마의 상견례 때 입었던 연분홍색 투피스 정장을 입고 있었다. 이제까지 살면서 할머니가 가장 비싸게 주고 산 옷이다. 범녀에게 꿇리지 않기 위해 백화점에서 6개월 무이자 할부로 구입했다.

"오늘 정말 즐거웠어요."

할머니가 미소를 지으며 말했고 제임스 정도 "다음에 또 봬요." 하고 대답했다. 가을이 둘에게 다가가려는데 다시 주변이 어두워졌다가 밝아졌다.

가을은 교실 뒷문 앞에 서 있었다. 유정이 가을의 팔을 주무르며 말했다.

"너 또 멈췄어."

이번에도 가을은 1분가량 몸이 굳어 있었다고 했다. 유정은 정말 괜찮은 거냐고 물었고 가을은 잠깐 피곤해서 그랬다고 둘러댔다. 그런데 조금 전 본 장면은 뭐지? 설마 할머니가 진짜로 제임스 정을 만난다는 건가? 할머니가 제임스 정 이야기를 너무 많이 해서 그런 장면을 본 건지도 모르겠다. 가을은 고개를 갸우뚱하며 자리로 가서 앉았다.

야호랑의 커밍아웃 프로젝트는 차근차근 준비 중이다. 대부분의 야호랑이 커밍아웃을 하는데 찬성했다. 찬성률이 무려 85프로가 넘었다. 커밍아웃 날짜는 내년 1월 1일로 정했고 세부적인 사항은 준비하는 중이다. 자신이 야호랑인 것을 밝히는 것은 각자의 선택으로 남겨 두었다. 일단 이번에는 커밍아웃을 원하는 야호랑만 참여하기로 했다. 이번 프로젝트에 대한 야호랑의 기대가 크다. 성공하면 더 이상 숨어 살지 않아도 되고, 자신의 존재를 부정하지 않아도 된다.

만만통에 율이 담당하는 커밍아웃 부서가 새롭게 만들어졌다. 율과 제임스, 정이 주축이 되어 함께할 야호와 호랑을 뽑아 알아서 준비하고 있기에 원호인 가을이 직접 할 일은 많지 않았다. 가을은 중간중간 진행 상황을 보고받았다. 진과 휴도 적극적으로 참여하는 중이다. 이제까지 정체를 숨긴 채 지구 환경 보호 활동을 해 온 야호랑의 호응이 가장 좋았다. 인간은 환경과 기후 문제에 대한 심각성을 알고는 있지만 획기적인 변화를 만들어 내지는 못했다. 아마도 아직 오지 않은 미래를 위해 지금 당장의 이익을 포기하기 어려운 것으로 보인다. 하지만 몇천 년을 산 야호랑은 인간과 다르다. 백 년 후, 천 년 후 미래가 언젠가 코앞으로 닥쳐 온다는 것을 이미 경험했다.

가을은 신우에게 의논할 일이 있다고 밖에서 만나자고 했다. 학원 수업이 끝난 후 신우가 가을의 집 쪽으로 왔다. 밖에서 단둘이 만나는 건 거의 한 달 만이다. 지난번 화해한 이후 둘은 따로 데이트를 하지 못했다. 신우는 중간고사 준비를 하느라, 가을은 커밍아웃 프로젝트에 힘쓰느라. 그 핑계로 가을은 2학기 중간고사도 망쳤다.

"신우야."

"가을아."

둘은 서로의 이름을 불렀고 동시에 웃음을 터트렸다. 서로 먼저 말하라고 했지만 가을은 이야기가 길어질 것 같아 신우부터 먼저 말하라고 부탁했다.

"근데 손잡아도 돼?"

신우의 물음에 가을은 아무 말 없이 신우의 손을 잡았다. 둘은 동네를 한 바퀴 돌았다.

"지난번에 네 말 듣고 많이 생각했어. 네가 그랬잖아. 우리 사이가 단단한 게 더 우선이라고. 맞아. 가을아, 나는 나를 믿어. 그리고 너도 믿고."

신우의 말에서 그리고 맞잡은 손에서 가을은 단단한 믿음을 느낄 수 있었다.

"사실 휴가 나를 찾아왔었어."

"너를? 왜?"

"나랑 네 사이를 멀어지게 한 것 같아서 미안하대."

가을은 휴가 신우에게 무슨 말을 했을지 듣지 않아도 알 수 있었다. 가을이 신우 때문에 힘들어하는 것을 알았을 테고 휴는 가만 있을 수 없었겠지. 휴는 늘 그랬다. 마치 가을을 지키기 위해 먼저 야호라도 된 것마냥 가을이 힘들고 어려울 때면 늘 나서서 도와주었다.

"너 울리면 가만 안 두겠대. 너는 자기 여동생이래."

가을은 갑자기 원재 도령이 떠올랐다. 원재 도령 일을 알면 신우는 얼마나 무서울까. 하지만 신우와 원재 도령은 다르다. 신우에게 원재 도령 이야기는 절대 하지 말아야겠다.

"휴를 만나고 나니까 내가 너무 부끄러운 거야. 휴랑 너와 함께한 세월이 얼만데. 휴를 만나지 말라고 하는 건 나랑 할머니랑 만나지 말라는 것만큼 말도 안 되는 요구잖아."

"내가 왜 두심이를, 아니 할머니를 왜 만나지 말라고 하겠어?"

"그러니까. 그런데 내가 그런 말을 한 거잖아."

"너희 할머니가 나에 대해 알면 얼마나 놀랄까."

신우와 가을은 다시 한번 서로를 보며 웃었다.

"할머니가 알 리가 없잖아."

"아, 그런데 신우야……."

가을은 근처 공원으로 신우를 데려갔다. 지금 할 이야기는 가볍게 건넬 말이 아니기에 앉아서 대화할 곳을 찾았다. 가로등 아래 빈 벤치가 보였다. 밤에 운동을 하러 온 사람들이 제법 있었지만 벤치가 꽤 떨어져 있어서 다른 사람에게 이야기가 들릴 것 같지 않았다.

"요즘 내가 계속 바빴잖아."

가을은 어렵게 신우에게 야호랑의 커밍아웃 계획에 대한 이야기를 꺼냈다. 신우는 율이 계획을 처음 말했을 때 다른 야호랑이 했던 질문을 거의 그대로 했다.

"그런데 사람들이 정말 많이 놀라겠다. 세상이 야호랑 이야기로 떠들썩할 거야."

"처음부터 환영받을 거라는 기대는 하지 않아. 아마 우리를 혐오하거나 공격하는 이들도 많을 거야."

율과 제임스 정은 '혐오 대책 부서'를 꾸려서 이에 대처하겠다고 했지만 야호랑들의 걱정이 사라진 건 아니다. 사람들에게 공격받을 것을 감수하고서라도 야호랑이 커밍아웃에 찬성하고 나서는 건 이제까지 겪었던 설움과 어려움 때문이다. 매번 신분을 바꿔 살아야 하니 자신이 진짜 누구인지 모르겠다고 토로하는 이들이 많았다. 사실 가을은 야호랑들이 커밍아웃 계획을 이토록 지지할 줄은 몰랐다.

"나도 야호랑의 커밍아웃을 응원할게."

"신우야, 근데 너 정말 괜찮아? 네 여자 친구가 일반 사람이 아닌 게 밝혀져도?"

혐오는 바이러스처럼 번지기도 한다. 가을의 남자 친구라는 사실만으로 신우도 공격받을 수 있다. 가을은 신우가 피해를 입는 것은 절대 용납할 수 없었다.

"나는 너를 잊고 살 자신이 없어. 기억을 절대 지울 수 없어. 그런 일이 일어나지 않게 꼭 막아 줘."

신우가 가을을 간절하게 바라보며 말했다. 가을은 커밍아웃 계획을 설명하면서 어쩔 수 없이 그 전에 논의되었던 야호랑의 정체를 아는 사람들의 기억을 지우려 했던 프로젝트를 이야기했다.

"가을아, 나는 언제나 네 편이야. 커밍아웃이 너와 네 종족이 바라

는 일이라면 나도 지지할 거야. 사실 야호랑이 정체를 숨겨야 할 이
유는 없잖아."

신우는 가을을 통해 야호의 존재를 어렵지 않게 받아들였다. 하지
만 세상 사람들이 모두 신우 같지는 않을 것이다.

"내 도움이 필요하면 언제든 말해. 사람들에게 야호랑과 인간이
함께 살아갈 수 있다고 내가 증언할게."

"고마워. 근데 율이 워낙 준비를 잘해서. 이미 야호랑에 대해 증언
해 줄 사람들 인터뷰를 준비해 놓았더라고."

"가을아, 나는 너와 함께할 미래를 위해서라면 뭐든 할 수 있어.
나는 계속 너랑 함께할 거야."

가을은 신우의 말이 고마우면서도 한편으로는 가시에 찔린 것처
럼 마음이 아팠다. 지난번 엄마의 신혼집에서 신우가 한 말은 진심이
다. 신우는 가을과 함께할 미래를 꿈꾼다. 가을도 어른이 될 수 없다
는 생각 같은 건 내려놓고 둘이 함께할 미래를 꿈꿔도 될까? 사랑하
는 사람을 만나 평생 둔갑을 하며 살았던 야호들처럼.

둘은 이대로 헤어지는 게 아쉬워 공원을 한 바퀴 크게 돈 후 헤어
졌다.

집으로 가는데 할머니에게 메시지가 왔다. 또 제임스 정 이야기를
하려는가 싶었는데 양갱을 사 오라는 거였다. 집 근처 편의점에 들러
할머니가 부탁한 양갱과 간식을 조금 더 샀다. 편의점 문을 열고 나
오는데 갑자기 주변이 어두워졌다.

가을이 정신을 차리자 눈앞에 새로운 장면이 펼쳐졌다. 이번에는 또 어디로 온 거지? 가을은 서서히 이곳이 엄마와 선이 결혼식을 한 범녀의 리조트임을 알아차렸다. 그런데 분위기가 이상했다. 무장을 한 군인들이 건물 주변을 감쌌고 사령관으로 보이는 사람이 태블릿 피시를 들여다보며 명령을 내렸다.

"명단에 적힌 야호랑 중 가장 핵심 인물들을 포함해 90퍼센트 이상이 오늘 파티에 참석한 것을 확인했다. 이제 10초 후에 건물 안으로 들어가 단번에 진압한다."

가을은 조금 더 가까이 가서 태블릿 피시를 봤다. 그 안에는 가을과 율을 비롯해 야호랑들의 사진이 담겨 있었다.

"VIP 명령이 떨어졌다. 지금 회의장으로 들어가는 즉시 야호족과 호랑족 전부 다 사살한다."

남자의 말이 끝나기 무섭게 총을 든 군인들이 건물 안으로 들어갔다. 가을이 명령을 내린 남자를 붙잡으려고 하는 순간 다시 주변이 어두워졌다가 밝아졌다.

가을은 편의점 문 앞에 서 있었다. 이게 무슨 장면이지? 가을은 놀란 가슴이 진정이 되지 않았다. 이가 덜덜 떨렸다.

"괜찮아요? 움직일 수 있어요?"

옆에 다가온 편의점 점원이 깜짝 놀란 눈으로 물었다. 다리에 힘이 풀린 가을은 그대로 주저앉았다.

"왜 그래요? 도와줄까요?"

점원이 부축해 주려고 했지만 가을은 뿌리치고 그대로 달렸다. 인간이 무서웠다.

걱정 대 기대

가을은 이제까지 열었던 문을 하나하나 되짚어 봤다. 처음 시간 이동이 이루어진 곳은 범녀의 리조트였고, 그다음은 집, 학교 도서관, 교실, 그리고 마지막이 편의점이었다. 가을은 다시 그 장소로 돌아가 차례대로 문을 열어 보았다. 다시 그 장면을 봐야만 했다. 하지만 같은 문을 열어도 아무 일도 일어나지 않았다.

대신 가을은 다른 문들을 보이는 대로 열었다. 혹시나 다른 문을 열었을 때 새로운 게 보이지 않을까 싶었지만 미래를 보는 일은 더 이상 일어나지 않았다. 가을이 원한다고 미래를 볼 수 있는 게 아니었다.

그날 편의점 문을 열었을 때 가을이 본 장면은 무엇이었을까. 분명히 남자는 야호랑을 사살하라고 명령했다. 어쩌면 가을이 잘못된 판단을 내린 걸까? 만약 실제로 그 일이 일어난다면? 가을은 상상조

차 하고 싶지 않았다.

우선 가을은 율에게 연락했다. 율은 커밍아웃 프로젝트 때문에 미팅이 줄줄이 잡혀 있지만 시간을 내보겠다고 했다.

가을은 율과의 약속 장소인 제임스 정의 스튜디오 건물 1층으로 찾아갔다. 로비에서 한참을 기다린 후에야 율이 나왔다.

"미안해, 가을아. 회의가 길어지는 바람에."

가을은 조용히 이야기하고 싶다고 말했고 율은 가을을 꼭대기 층에 있는 제임스 정의 방으로 데려갔다. 방에는 아무도 없었고 율은 마치 자기 방처럼 편하게 사용했다.

"제임스 정은 어디 갔어?"

"오늘 약속 있다고 하더라고. 뭐 마실래?"

방 한쪽에 다도 집기가 가지런히 놓여 있다. 얼핏 보면 차 회사 CEO 방인 줄 착각할 정도로 다양한 찻잔과 도기, 차가 있었다. 평소 제임스 정이 다도를 즐긴다고 율이 설명했다.

가을은 차를 마시지 않겠다고 거절했지만 율은 냉장고에서 주스를 꺼내 주었다.

"그런데 무슨 일이야?"

가을은 율에게 무엇부터 이야기해야 할지 고민했다. 편의점 문을 열었을 때 본 장면부터 이야기하면 아무래도 충격을 먹을 것 같아 가을은 처음부터 차근차근 이야기하기로 마음먹었다.

"구슬 완전체를 얻고 난 후에 나에게 이상한 일이 생기고 있어."

가을은 지금까지 미래로 가서 본 장면들을 하나하나 이야기했다. 율은 바쁜지 여러 번 시간을 확인했고 가을은 최대한 빨리 이야기하려고 노력했다. 드디어 편의점 문을 열었을 때 봤던 장면을 설명할 차례였다. 야호랑 사살 명령을 내리는 모습을 말할 때 가을은 절로 몸이 움츠러들었다. 그건 율도 마찬가지였다. 상상만으로도 끔찍한 일이었다. 이제까지 있던 일을 다 말한 후 가을은 율을 찾아온 본목적을 꺼냈다.

"율아, 아무래도 커밍아웃 프로젝트를 멈춰야 할 것 같아. 만에 하나 내가 본 대로 되면 어떡해?"

가을은 걱정이 가득했다.

"그런데 가을아. 네가 본 미래 중에서 진짜로 일어난 일은 현이란 호랑이 괴로워하는 모습밖에 없는 거잖아."

"하지만 내가 본 일이 또 일어나지 않으리라는 법은 없어. 정말로 일어나면 어떡할 거야?"

"그냥 우연일 뿐이야."

"현이 입고 있던 옷까지 똑같았어. 이게 우연이라고?"

"왜 살다 보면 그럴 때가 있잖아. 어떤 생각을 너무 많이 하면 그 일이 꿈에서 나오기도 해."

"내가 자다가 꿈꾼 게 아니라니까."

가을은 깨어 있었고 문을 열고 나가려고 할 때 미래를 보았다.

"그냥 환영일 수도 있잖아. 아무래도 네가 원호로서 책임감을 느껴서 그런 거 같아. 걱정하지 마, 가을아. 그런 일은 벌어지지 않아."

율은 같은 생각을 반복하다 보면 스스로 장면을 만들어 내기도 한다며 그걸 '환영증후군'이라고 알려 줬다. 그러고 보니 가을이 본 장면들에 등장하는 야호랑들은 전부 가을과 깊이 관련 있는 야호랑들이었다. 율의 말대로 너무 신경을 쓰다 보니 보게 된 환영일까?

"요즘 잠을 잘 못 자는 거 아니야?"

"이런저런 일 때문에 좀 늦게 자긴 했어."

율은 집으로 숙면에 좋은 음식과 영양제를 보내 주겠다며 어디론가 전화를 했다.

"참, 유정이는 잘 있지?"

"응."

유정에 대해 묻는 율의 표정이 조금 쓸쓸해 보였다.

"근데 유정이가 왜 좋아?"

가을은 그동안 유정과 관련해서 궁금했던 두 가지 중 하나를 물었다. 율이 어깨를 쓰윽 올렸다가 내리며 말했다.

"유정이니까. 유정이를 좋아하지 않을 이유가 없잖아."

너무나 완벽한 답변이었다. 아직도 유정이가 좋냐는 두 번째 질문은 할 필요가 없었다. 유정과 현, 율의 삼각관계가 쉽게 끝나지는 않을 것 같은 예감이다.

율이 제임스 정의 회사 직원에게 부탁해 집까지 데려다주겠다 했지만 가을은 괜찮다고 했다. 헤어지면서 율은 걱정하지 말라며 더 잘 준비하겠다고 가을을 안심시켰다.

유정과 현은 호랑족 친구들을 만나러 갔고 할머니도 저녁 약속이 있다고 했다. 가을은 혼자 저녁을 먹고 싶지 않아 엄마에게 연락했다. 엄마가 집으로 오라고 해서 엄마네로 갔다.

엄마와 선은 식사를 하면서 가을에게 앞으로의 계획을 나누었다. 야호랑이 커밍아웃을 하고 나면 선은 교육 재단을 만들 예정이다. 진과 휴가 수백 년 후에도 지속 가능한 지구 환경을 위해 노력한다면 선은 인간과 야호랑이 함께 어울려 살아갈 사회를 만들기 위해 교육에 힘을 쏟고 싶다고 했다. 선은 인간과 야호랑이 함께 다닐 수 있는 학교도 세울 계획이었다. 야호랑 커밍아웃 프로젝트 이후의 세상을 기대하는 야호랑이 많다. 유정과 현도 오늘 호랑족 친구들을 만나 야호랑 커밍아웃 프로젝트에 대해 이야기 나눌 예정이라고 했다.

커밍아웃 이후의 미래를 생각하며 희망에 찬 야호랑들을 보니 가을은 제 걱정이 기우로 여겨졌다. 율과 제임스 정이 문제없이 잘 준비하겠지. 가을도 다른 야호랑처럼 야호랑이라는 정체를 밝히고 난 뒤 어떻게 살아야 할지 고민해 봐야 할 것 같았다.

선은 더 있다 가라고 했지만 가을은 학교 숙제가 있다며 일어섰다. 사실 숙제는 없었지만 신혼집에 오래 있는 건 눈치 없는 행동이다. 야호로 살며 얻은 건 눈치다. 눈치가 있어야 위험에서 도망치고 피할 수 있다. 그러고 보면 야호랑들은 늘 도망치고 피할 준비가 되어 있었다. 이제 커밍아웃을 하고 나면 더 이상 숨을 일은 없겠지.

"가을아, 자주 놀러 와. 응?"

엄마가 가을의 손을 꼭 잡아 주며 말했다. 가을은 그러겠다고 대답하고 밖으로 나왔다. 엄마가 그 어느 때보다 행복해 보여 마음이 놓였다.

가을 날씨가 이제 제법 쌀쌀했다. 내일부터는 조금 더 두꺼운 겉옷을 챙겨 입어야겠다고 생각하는데 차 한 대가 옆으로 천천히 지나갔다.

검은색 대형 세단이었다. 세단이 집 앞에 멈추었고 운전석에서 제임스 정이 내렸다. 어? 제임스 정이 웬일이지? 제임스 정은 조수석 쪽으로 가서 문을 열었고 그곳에서 할머니가 내렸다. 할머니는 잔뜩 꾸민 상태였다. 연분홍색 투피스 정장에 진주 목걸이를 하고 하이힐까지 신었다.

"오늘 정말 즐거웠어요."

할머니가 우아한 미소를 지으며 말했고 제임스 정이 대답했다.

"다음에 또 봬요."

고개를 돌리던 제임스 정과 가을의 눈이 마주쳤다. 가을은 고개를 꾸벅 숙여 인사했다. 제임스 정도 가을을 향해 가볍게 목례했다.

"그럼 저는 이만 들어갈게요. 제임스도 얼른 가 보세요."

곧 제임스 정의 차가 출발했고 가을은 할머니에게 물었다.

"뭐야, 할머니? 제임스 정은 어떻게 만난 거야?"

"목마른 사람이 우물 판다고. 네가 하도 소개 안 시켜 주니 어째?"

할머니가 율에게 직접 연락해 제임스 정을 꼭 한 번 만나고 싶다고 부탁했더니 율이 바로 연락처를 주었다고 했다.

"어휴, 내가 못 살아."

가을은 할머니를 뒤로 두고 먼저 대문을 열었다.

"어쩜 저렇게 매너가 좋은지. 이제까지 내가 만난 인간과 야호 다 통틀어 제일 멋진 거 같아. 제임스 정이 야호라니. 내가 야호가 된 보람이 있다."

할머니는 계속 제임스 정의 칭찬만 했다. 가을이 보기에 할머니는 이미 제임스 정에게 푹 빠진 것 같았다.

가을은 현관문을 열다가 뭔가 이상하다는 생각이 들었다. 조금 전에 본 장면, 분명히 본 적이 있다. 제임스 정의 차도, 할머니와 제임스 정이 나눈 대화도, 할머니가 입었던 연분홍색 옷도 똑같았다. 가을이 얼마 전 본 미래 중 하나다.

가을이 문을 연 채 그대로 멈춰 섰고 할머니가 왜 안 들어가느냐고 물었다. 가을이 옆으로 비키자 할머니가 먼저 안으로 들어갔다. 현이 울고 있던 일과 할머니가 제임스 정을 만난 일. 가을이 본 일이 두 번이나 진짜로 일어났다.

가을은 더 이상 가만히 있을 수 없었다. 가을이 미래를 본 게 맞는다면 커밍아웃 프로젝트를 막아야만 한다. 율에게 연락하여 또다시 미래가 들어맞았다고 했지만 율은 가을의 말에 귀를 기울이지 않았다. 그다음으로 가을은 진을 찾아갔다. 가을이 미래를 본다는 것을 진은 믿어 주었다.

하지만 진 역시 율과 비슷한 반응이었다. 가을의 걱정이 만들어 낸 환영이라고 했다. 가을이 한번 불안하게 여기니 계속 불안한 쪽으로 환영도 보이고 생각도 그쪽으로 몰리는 것이라며, 가을에게 너무 걱정하지 말라고 위로했다.

"불안이 꼭 나쁜 것만은 아니야. 잘되어 가고 있는지 확인하는 과정에서 충분히 느낄 수 있는 감정이야. 전에 말했잖아. 웅녀 언니가 본 게 다 일어나지는 않았다고. 네가 본 것도 그럴 거야."

가을이 미래를 본다는 것을 증명할 방법은 없었다. 가을은 다른 야호랑에게도 자기가 본 것을 말했다. 그러나 수수도, 유정도, 할머니도, 엄마도, 선도 가을이 환영을 본 거라며 걱정하지 말라고만 했다. 왜 다들 가을의 말을 믿어 주지 않는 걸까.

가을은 답답함에 미치고 팔딱 뛸 노릇이었다. 모두의 말대로 가을의 착각이면 더할 나위 없이 좋을 것이다. 하지만 실제로 그런 일이 벌어진다면?

가을은 휴에게 전화를 걸어 자신의 답답함을 토로했다.

"휴, 너도 내 말 못 믿어? 진짜로 내가 문을 열 때 다른 시간, 다른 장소가 보였어. 그럴 때 현실 속의 난 마치 고장 난 것처럼 그 자리에 멈춰 버려. 유정이도 내가 멈춰 있는 걸 봤어."

"가을아, 네가 걱정이 많아 그런 걸 거야."

휴도 가을에게 율과 진이 했던 비슷한 말을 했다.

"나도 나쁜 쪽으로 생각하고 싶지 않아. 그런데 자꾸 무섭고 섬뜩한 생각이 들어. 너 혹시 최근에 이상한 꿈을 꾼 적은 없어?"

휴는 예지몽을 꾼다. 야호에게 위험이 닥칠 때 휴가 예지몽을 통해 막은 적이 여러 번이다. 지난번 도호가 진으로 둔갑해 가을에게 접근했을 때도 휴는 가을에게 위험이 생길 것을 알고 한국으로 왔다. 그러나 요즘 휴는 매일 밤 꿈을 꾸지 않고 편히 잔다고 했다.

"휴, 내가 잘못 생각한 거 같아. 아무래도 우리 정체를 드러내면 안 될 것 같아."

가을은 후회했다. 야호랑의 정체를 아는 인간의 기억을 지우게 되면 신우의 기억도 지우게 될까 봐 조급한 마음에 율을 찾아갔다. 조금 더 신중하게 결정했어야 했다. 가을이 본 일이 일어난다면 인간의 기억에서 야호랑이 없어지는 게 아니라 이 세상에서 아예 존재 자체가 없어지게 된다.

"그런데 율은 어떻게 커밍아웃을 생각한 거야?"

"아, 제임스 정의 아이디어였대."

휴는 제임스 정이 율의 덕을 많이 본 것만큼 율도 제임스 정에게 도움을 많이 받았다고 했다. 둘은 떼려야 뗄 수 없는 사이다.

가을은 휴와의 통화를 끝낸 후 자신이 가야 할 곳을 깨달았다. 처음 이 일을 계획한 이를 만나 이야기해 봐야겠다. 일이 더 진행되기 전에 막아야 한다. 반드시 바로잡고야 말 것이다. 야호랑의 정체가 세상에 드러나면 더 이상 돌이킬 수 없다.

가을은 제임스 정에게 연락했다. 커밍아웃 프로젝트 때문이라고 하니 제임스 정은 바로 시간을 내주었다. 가을은 제임스 정의 사무실로 찾아갔다.

"지난번엔 놀랐죠?"

제임스 정이 먼저 집 앞에서 만났던 이야기를 꺼냈다. 사실 할머니가 계속 제임스 정을 만나고 싶어 했다는 걸 알기에 가을은 별로 놀라지 않았다. 할머니의 의지가 대단하다고 생각했을 뿐이다.

"할머니 또 만나실 거예요?"

"그러고 싶은데. 안 될까요?"

"저는 신경 쓰지 마세요."

가을이 손을 내저으며 말했다.

"저는 야호족을 존경합니다. 백 년도 못 사는 인간들과 달리 수백 수천 년을 살아왔잖아요. 인간이 절대 흉내 낼 수 없는 지혜와 강인함이 몸에 배어 있어요."

제임스 정은 마치 자신은 야호족이 아닌 것처럼 말했다. 구슬을 얻은 지 2년이 채 되지 않았으니 야호라는 게 실감이 나지는 않을 거다. 가을도 구슬을 얻은 지 10년쯤 지나서야 자신이 인간과 다르다는 걸 인지했고 20년쯤 지나서야 자신이 인간이 아님을 완전히 받아

175

들였다.

"윤정 씨는 겨우 오백 년밖에 살지 않으셨다고 말씀하시는데 제가 보기엔 대단하세요. 어쩌면 그렇게 역사를 줄줄 꿰고 계시는지. 그리고 위안이 되는 말씀도 많이 해 주시더라고요."

할머니가 요즘 사용하는 이름은 '윤정'이다. 할머니는 주로 자기가 좋아하는 배우 이름을 가져와 사용했다. 할머니 말로는 윤정이라는 배우가 할머니 젊었을 때와 비슷하다고 했지만 할머니의 희망 사항이 아닐까 싶다.

"가을 양이 할머님을 닮았나 봐요."

제임스 정은 할머니에 대해 좋게 생각하는 것 같았다. 이 말을 할머니에게 전해 주면 할머니가 엄청 좋아할 텐데.

"저희 할머니 정말 재밌는 분이세요. 아마 같이 계시다 보면 아실 거예요."

"그럼요. 고마워요, 가을 양."

제임스 정은 율에게는 꼬박꼬박 '선생님'이라고 부르면서 원호인 가을에게는 십 대 소녀를 대하듯 '가을 양'이라고 불렀다.

"제가 온 건 할머니 때문이 아니에요."

"네, 알아요. 율 선생님께서 가을 양이 걱정을 많이 한다고 말씀하셨어요."

제임스 정은 이미 율에게 들었다며 가을이 찾아온 이유를 알고 있었다. 가을은 더 자세히 설명해야 할 것 같아 미래를 본 이야기를 전

176

부 들려주었다.

가을은 이야기를 마친 후 제임스 정의 표정을 살폈다. 다른 이들과 마찬가지로 가을의 말을 믿는 것 같지 않았다.

"가을 양, 이걸 보세요."

제임스 정은 기다렸다는 듯 태블릿 피시를 꺼내 커밍아웃 프로젝트에 대한 구체적인 계획을 설명했다. 이미 만만통을 통해 전달받은 내용이지만 제임스 정의 설명을 들으니 다시 마음이 흔들렸다. 하지만 이 일을 막을 야호랑은 자신밖에 없었다. 가을은 다시 한번 마음을 단단히 먹었다. 제임스 정은 성공에 대한 확신이 가득했다. 이미 열차가 출발해 버렸다. 달리는 열차를 멈추는 건 더 어려운 일이다. 가을은 어떻게 제임스 정을 설득할 수 있을까 궁리했다. 이제 남은 방법은 하나뿐이었다.

설득할 시간과 동조받을 여유 같은 건 이제 없다. 최후의 수단을 써야 한다. 가을이 가진 최초 구슬로 제임스 정의 구슬에 명령을 내려 커밍아웃 프로젝트를 무산시키게 할 것이다. 이 프로젝트의 중심은 제임스 정이니까 제임스 정이 손을 떼면 진행이 어렵다. 원칙적으로는 최초 구슬 명령은 만만통의 동의를 구하기로 되어 있지만 이번 한 번만은 그걸 어길 것이다.

가을은 제임스 정에게 다가가 그의 팔을 잡았다. 어? 그런데 이게 뭐지? 왜 아무것도 느껴지지 않는 거야? 제임스 정에게는 구슬이 없었다.

그때 가을은 제 안의 구슬이 움직이는 게 느껴졌다.
구슬이 마치 가을에게 앞으로 해야 할 일을
말해 주는 것 같았다.

4부

구슬의 선택

가짜 야호

가을은 조심스럽게 방문을 열고 나왔다. 혹시 몰라 나오면서 방문을 걸어 잠갔다. 거실을 가로질러 가는데 현이 불렀다.

"할머니, 어디 가세요?"

"어? 어."

"오늘 어디 좋은데 가시나 봐요. 너무 근사하세요."

"고맙다. 가을이는 약속이 있다고 나갔으니 유정이랑 밥 잘 챙겨 먹어라."

현이 걱정하지 말라며 맛있는 거 드시고 오라고 했다. 가을은 최대한 자연스럽게 신발장을 열어 원피스에 잘 어울리는 베이지색 하이힐을 꺼냈다. 평소에 신지 않던 거라 불편해 살짝 뒤뚱거리며 현관문을 여는데 뒤에서 현이 "다녀오세요!" 하고 인사하는 소리가 들렸다.

현관 밖으로 나온 후에야 가을은 후유 하고 안도의 숨을 내쉬었다. 다행히 현에게 들키지 않았다. 같은 집에 사는 현을 속였으면 제임스 정을 속이는 건 더 쉬울 거다. 가을은 고개를 숙여 제 모습을 내려다봤다. 할머니가 아끼는 다홍색 원피스를 차려입고 구두까지 맞춰 신었다. 누가 봐도 할머니와 똑같았다.

오늘 할머니와 제임스 정이 만나기로 했다는 걸 알게 된 후 가을은 할머니를 잠시 빌리기로 했다. 물론 할머니와 상의하지 않았다. 구슬을 이용해 할머니를 잠재운 후 가을은 할머니인 척 둔갑했다.

가을이 제임스 정의 마음을 바꾸기 위해 만졌을 때 제임스 정 안의 구슬이 느껴지지 않았다. 아무래도 이상해 갑자기 현기증이 나서 어지러운 척하며 다시 한번 제임스 정을 만졌지만 분명히 구슬이 없었다. 도대체 제임스 정의 구슬은 어디에 있는 거지? 그날 가을은 제임스 정에 대해 더 알아보고 싶었지만 의심을 살 것 같아 일단 돌아왔다.

분명히 율은 제임스 정에게 2년 전 구슬 발현 시기에 구슬을 주었다고 했다. 율에게 다시 한번 확인했지만 율은 구슬을 준 게 맞는다고 했다. 둘 중 한 명은 거짓말을 하고 있다. 누가 거짓말을 했느냐보다 더 중요한 건 왜 거짓말을 하고 있느냐이다. 새해가 이제 한 달 앞으로 다가왔다. 그 말인즉슨 한 달 뒤면 이 세상에 야호랑의 정체가 공개된다는 것이다. 그 전에 반드시 커밍아웃 프로젝트를 진행하는 진짜 이유가 무엇인지 알아내야 한다.

다음 날 가을은 3단계 둔갑으로 몸을 투명하게 만든 후 제임스 정의 사무실에 몰래 들어갔다. 제임스 정이 사용하는 물건을 아무리 만져도 구슬과 관련된 정보가 나오지 않았다. 제임스 정에 대한 정보를 알려면 제임스 정을 직접 만나는 수밖에 없었다. 가을의 본모습으로 만나면 제임스 정이 경계할 테니 할머니가 되어 만나기로 계획을 세웠다.

대문 앞에는 제임스 정의 차가 먼저 도착해 있었다. 할머니로 둔갑한 가을이 나오자 제임스 정이 차에서 내렸다.

"윤정 씨, 잘 지내셨어요?"

가을은 인사를 한 뒤 제임스 정의 옆자리에 올라탔다. 둘은 오늘 미술관을 같이 가기로 했다. 할머니는 제임스 정이 한국화에 관심이 많다는 걸 알았고 같이 미술관에 가자고 제안했다.

"윤정 씨도 한국화에 관심이 많으신 줄 몰랐어요."

"저도 제임스가 좋아한다고 해서 얼마나 반갑던지요."

사실 할머니는 그림에 큰 관심이 없음에도 제임스 정을 위해 책을 사서 따로 공부까지 했다. 할머니가 사랑에 이렇게 적극적일 줄 몰랐다. 할머니에게 미안하지만 오늘 전시는 가을이 대신 볼 거다.

가을은 운전을 하는 제임스 정의 왼쪽 팔에 자꾸 시선이 갔다. 오늘 가을의 목적은 바로 제임스 정의 왼쪽 팔에 있는 시계이다. 지난번 율은 제임스 정에게 구슬을 주면서 저 시계를 함께 주었다고 했다. 저 시계를 만진다면 그때 무슨 일이 있었는지 알 수 있을 것이다.

곧 미술관에 도착했다. 제임스 정을 알아본 사람들이 둘을 힐끔거렸고 몇몇 사람들은 사진을 같이 찍을 수 있냐고 물었다. 하지만 제임스 정은 지금 데이트 중이라 죄송하다며 정중하게 거절했다. 데이트라니, 할머니가 들으면 얼마나 감동할 말이었을까. 할머니 대신 가을이 그 말을 들어서 미안했다. 하지만 이따가 할머니에게 오늘 있었던 일을 기억에 그대로 넣어 줄 거다.

조선 시대 작품이 전시된 곳부터 들렀다. 겸재 정선의 그림부터 김홍도, 신윤복, 장승업의 그림이 있었다.

"동물들이 살아서 튀어나올 것 같아요. 확실히 장승업 그림은 생동감이 넘치네요."

"맞아요. 사실 저는 최근에야 미술품에 관심을 갖게 되어서 하나씩 모으고 있어요. 몇백 년이 지나도 값어치를 하겠죠. 그림은 가치가 오르면 올랐지 떨어지지 않더라고요. 아무래도 제가 사업가다 보니 그쪽으로 신경을 쓰지 않을 수가 없어요."

제임스 정은 마치 자신이 야호인 것처럼 말을 하고 있다. 어쩌면 율이 제임스 정을 속인 걸까? 아직은 뭐라고 속단하기 어려웠다.

두 시간 가량 미술관에 머물렀다. 가을은 자기가 온 목적을 잠시 잊고 그림에 푹 빠져 봤다. 가을은 알고 있는 그림의 숨겨진 역사를 설명했고 제임스 정은 흥미로운 듯 귀를 기울였다. 다음에 신우랑도 와야겠다. 신우도 그림에는 관심 없지만 그림과 얽힌 이야기를 들려주면 재밌어 할 것 같다.

미술관에서 나온 후 제임스 정은 예약해 놓은 식당이 있다며 그곳으로 가자고 했다. 식당은 미술관 근처에 있는 고급 프렌치 레스토랑이었다. 맛을 평가하는 기관에서 별을 세 개나 받았다고 해서 기대하며 메뉴판을 펼쳐 보니 입이 딱 벌어질 만큼 비쌌다. 할머니 성격에 분명 이번에는 사려고 할 텐데. 가을은 할머니 돈으로 이렇게 비싼 걸 먹어도 되나 싶었지만 이왕 먹는 거 맛있게 먹기로 맘먹었다.

전채 요리부터 하나씩 나오기 시작했다. 가을은 다시 한번 본래 목적을 떠올렸다.

"수프가 참 달콤하죠?"

어니언 수프를 먹으며 제임스 정이 물었고 가을은 그렇다고 대답했다. 온통 가을의 신경이 시계에 집중되었기에 음식 맛이 잘 느껴지지 않았다.

"뉴욕에 어니언 수프 정말 맛있게 하는 집 있거든요. 다음에 한번 모실게요."

가을은 할머니가 지었을 미소로 답을 했다.

메인 요리로 오리구이와 굴튀김이 나왔다. 가을은 언제 말을 꺼내야 할지 계속 타이밍을 살폈다.

"윤정 씨 덕분에 오늘 관람 정말 즐거웠어요."

가을은 할머니라면 무슨 말을 할지 떠올려 봤다.

"사실 저 한국화 잘 몰라요."

"아까 보니 정말 잘 아시던데요?"

"일부러 공부했어요. 제임스가 좋아한다고 해서요."

가을은 할머니가 할 법한 말을 했고 제임스는 그 말에 더 감동한 것 같았다. 아아, 이렇게 할머니에게도 봄날이 찾아오는 건가. 가을이 다 흐뭇했다. 그러다 얼른 정신을 차렸다. 잠깐 화장실에 다녀온다고 말한 후 가방을 들고 화장실로 왔다. 휴에게 문자를 보냈다.

가을이 자리로 돌아왔을 때 후식으로 타르트가 나와 있었다. 이제 말을 해야 할 때다. 가을은 타르트를 한 입씩 천천히 먹으며 말했다.

"시계가 참 멋져요."

"아, 이 시계요? 율 님이 선물해 주신 거예요."

제임스 정은 팔을 들어 가을 쪽으로 시계를 보여 줬다. 지난번 시계에 대해 설명한 것과 똑같이 전 세계에 열 개밖에 없는 한정판이라는 것도 덧붙였다.

"어머나, 정말 귀한 거네요. 저도 한번 차 봐도 돼요? 너무 아름다워서요."

"그럼요."

제임스 정이 자리에서 일어나 가을 쪽으로 걸어왔다. 손목에서 시계를 푼 후 가을 손목에 채워 주었다.

"생각보다 가볍네요."

"그렇죠? 이젠 나이가 들어서 무거운 거 못 차겠어요."

"맞아요. 가벼운 게 최고예요."

가을이 손목에 찬 시계를 이리저리 둘러보고 있는데 제임스 정의 핸드폰 벨이 울렸다.

185

"받으셔도 돼요."

"그럼 실례 좀 할게요."

제임스 정이 핸드폰을 들고 일어났다. 실은 가을이 미리 휴에게 문자를 보내 제임스 정과 5분 동안 통화해 달라고 부탁했다. 휴는 가을에게 무슨 일이냐고 묻지 않고 알겠다고 했다.

가을은 얼른 오른손으로 시계를 매만졌다. 시계를 통해 율이 제임스 정에게 구슬을 주던 날을 들여다보았다.

밝게 웃는 율과 긴장해서 얼굴이 굳은 제임스 정이 보인다.

"너를 믿기 때문에 이 구슬을 주는 거야. 야호족에게 꼭 도움이 되어야 해. 네가 가진 능력을 반드시 야호족을 위해 써 줘."

율의 구슬이 제임스 정에게로 옮겨 간다. 구슬을 받은 제임스 정 주변으로 붉은 막이 생긴다.

또 다른 장면이 보인다. 홀로 방 안에 있는 제임스 정이 제 구슬을 꺼내 바깥으로 힘껏 던져 버린다. 생명체에게 깃들지 못한 구슬은 점점 빛을 잃으며 연기처럼 사라져 버린다. 제임스 정은 가만히 구슬이 무로 변하는 것을 지켜본다. 그다음 제임스 정은 자기 앞에 있는 카메라로 다가가 방금 전 찍은 걸 확인하며 말한다.

"잘 찍었군. 내가 너희들의 정체를 낱낱이 밝혀 이 세상에서 다 없애 버릴 거야."

통화를 끝낸 제임스 정이 돌아왔다. 가을은 아무렇지 않은 척 표정 관리를 하며 제임스 정에게 시계를 돌려줬다. 어떤 말실수도 해서는 안 돼. 지금 나는 아무것도 보지 못한 거야. 아무것도 모르는 거야. 가을은 스스로를 세뇌시켰다.

식사가 끝났고 제임스 정은 좋은 와인 바를 안다며 같이 가자고 했다. 가을은 술을 마시지 못한다. 비록 몸은 할머니로 둔갑했지만 본체는 가을이다. 어떻게 거절을 해야 하나 싶었는데 팔이 간지러웠다. 가을은 손가락으로 팔을 긁었다.

"왜 그러세요? 어디 불편하세요?"

"혹시 아까 후식으로 먹은 타르트가 복숭아 아니었어요?"

"잠시만요."

제임스 정이 직원을 불러 후식이 무엇이었는지 확인했다. 직원이 타르트를 가져다주며 설명했을 때 가을은 휴에게 연락을 하느라 자리를 비워 듣지 못했다.

"살구 타르트입니다."

아차, 가을은 살구 알레르기가 있다. 팔뿐만이 아니라 얼굴과 목까지 간지러웠다. 식당에서 나와 급하게 약국에 들러 알레르기 약을 사먹었다.

"아무래도 집으로 가야 할 거 같아요."

"병원에 안 가 봐도 될까요?"

"약 먹으면 가라앉아요."

제임스 정은 잘 살피지 못해 미안하다며 가을을 집으로 데려다주겠다고 했다. 약을 먹었지만 곧바로 알레르기가 가라앉지는 않았다. 가을은 창에 머리를 기댄 채 계속 몸을 긁었다.

가을이 처음 살구를 먹고 탈이 난 건 열 살 때다. 달콤하고 새콤한 살구가 어찌나 맛있는지, 처음 맛본 살구를 그 자리에 앉아서 네 개나 먹었다. 그런데 얼마 지나지 않아 온몸에 빨간 두드러기가 올라왔다. 지금이야 약을 먹으면 금방 괜찮아지지만 그때는 약이 없었다. 이틀 내내 몸이 간지러웠고 참으려고 했지만 계속 긁다 보니 피딱지가 생겼다. 살구가 문제인지 모르고 두 번 더 먹고 난 후에야 원인이 살구라는 걸 알게 되었다. 그때마다 얼마나 고생했는지 모른다. 살구라면 끔찍하다. 그 이후로 가을은 절대 살구를 입에 대지도 않는다.

약을 먹었는데도 왜 이렇게 간지러운 거지. 제임스 정 얼굴을 보기조차 싫었는데 차라리 잘된 일이었다. 집까지 가는 길에 제임스 정 앞에서 표정 관리를 하지 않아도 되었다. 가을은 지금만큼은 살구가 고마웠다.

가을은 휴를 찾아가 자신이 제임스 정에 대해 알게 된 것을 전부 털어놓았다. 가을이 믿을 이는 휴밖에 없다. 세상 전부가 가을에게 등을 돌려도 휴 만큼은 가을을 믿어 줄 거다.

"휴, 너는 내 말 믿지?"

휴가 천천히 고개를 끄덕였다.

"네가 분명히 봤다는 거지? 제임스 정이 구슬을 버리는 걸."

"응. 맞아. 정말로 구슬이 소멸되는 걸 지켜보고 있었어."

휴는 뭐가 이상한지 고개를 갸웃거렸다. 가을도 제임스 정이 구슬을 버린 게 이해되지 않았다. 구슬의 존재를 알게 된 인간들은 대부분 구슬을 얻고 싶어 했으니까.

"제임스 정이 왜 구슬을 버렸는지 몰라. 어쨌든 제임스 정은 야호족이 아니야. 제임스 정이 만든 자료도 우리를 위한 게 아니고."

제임스 정은 온라인 비디오 플랫폼을 만들기 전에 영화와 다큐멘터리 제작자로 이름을 알렸다. 아마도 제임스 정은 야호족과 호랑족의 커밍아웃 과정을 콘텐츠로 만들어 세상에 공개할 것으로 보인다. 이보다 더 화제가 될 콘텐츠는 없었다. 어떤 영화나 드라마보다 사람들은 더 흥미롭게 볼 것이다. 야호랑에게 도움이 된다며 지금도 열심히 다큐멘터리를 찍고 있는데, 사실 그 영상은 야호랑을 위한 게 아니다. 제임스 정은 분명히 말했다. 이 세상에서 야호랑을 없애겠다고. 제임스 정이 왜 그러는지 이유까지는 알 수 없지만 반드시 막아야 한다.

"율이가 알게 되면 충격이 엄청 크겠네."

휴는 이 상황에서도 율을 걱정했다. 가을이 지금 그게 뭐가 중요하냐며 화를 냈다.

"미안. 율이가 야호랑을 위하는 마음은 진심이라는 걸 알아서 그래. 내가 율이한테 다 말할게."

"알겠어. 그런데 율이가 과연 내 말을 믿을까?"

구슬 발현 시기가 오면 야호랑에게는 붉은 막이 생긴다. 구슬 발현을 위해 생겨나는데 야호랑들 눈에만 보인다. 붉은 막이 생기지 않으면 구슬이 없다는 뜻이다. 하지만 지금은 붉은 막으로 구슬 존재 여부를 알 수 있는 시기가 아니다. 오직 가을만 구슬의 존재를 확인할 수 있다. 야호랑들을 다 모아 놓고 그 앞에서 둔갑을 해 보라고 하면 어떨까? 구슬이 없으니 둔갑도 못하겠지. 그런데 제임스 정이 순순히 가을이 던진 미끼를 물지 확신이 없다. 만약 아직 둔갑에 익숙하지 못하다고 한다면?

"가짜 야호를 잡아야 하는데."

가을은 한숨이 절로 나왔다. 그러자 휴가 가을을 위로했다.

"걱정 마, 가을아. 꼬리가 길면 밟힌다고 하잖아."

"제임스 정은 가짜 야호라 꼬리가 없잖아."

"아, 맞다. 그렇지. 그럼 다리라도 걸어 넘어트리자."

가을과 휴는 웃었다. 할머니가 그랬다. 어떤 상황에서도 유머를 잃지 말라고. 아무리 힘들고 어렵더라도 꼭 웃을 일을 만들라고. 긴장을 푸는 데는 웃음이 최고다. 가을은 휴와 함께 농담을 주고받을 수 있어서 좋았다.

가을은 두 주먹을 천천히 꽉 쥐었다. 반드시 제임스 정의 거짓을 드러낼 방법을 찾을 것이다. 야호랑을 위험에 처하게 두지 않을 거야. 가을은 야호랑을 지킬 것을 다짐하고 또 다짐했다.

속아 줄게

12월이 되자 교복 위에 두꺼운 패딩을 입을 만큼 날이 추웠다. 이제 커밍아웃 프로젝트 디데이가 3주 앞으로 다가왔다. 지난 일주일 동안 가을은 휴와 함께 제임스 정의 정체를 밝히기 위한 한 가지 계획을 세웠다. 디데이를 2주 남겨 둔 12월 17일에 프로젝트를 최종 점검하는 자리를 갖기로 했다. 원래는 12월 29일에 하기로 한 최종 보고를 가을이 좀 더 철저하게 점검해야 한다는 이유로 앞당긴 것이다. 또한 만만통을 통해서 이 프로젝트에 참여하고 있는 제임스 정의 직원들을 파악하고 커밍아웃 프로젝트 발표 전에 외부로 야호랑의 정체가 밝혀지는 일이 없도록 철저히 단속하게 했다. 가을은 최종 점검 자리에서 반드시 제임스 정이 가짜 야호임을 밝힐 것이다.

가을이 학교를 가려고 유정과 함께 나오는데 율이 집 앞에 와 있었다. 유정을 만나러 온 건가 했는데 율은 가을에게 할 말이 있다고 했다. 이른 아침부터 무슨 일이지? 가을은 유정에게 먼저 학교에 가라고 했다.

율은 유정이 시야에서 사라질 때까지 아무 말도 하지 않았다. 유정이 보이지 않고 나서야 말을 했다.

"너, 너!"

"내가 뭐?"

가을은 지지 않고 대꾸했다. 율은 두 눈을 감고는 호흡을 가다듬었다.

"이가을, 너 도대체 왜 그래?"

율이 성까지 붙여 가을의 이름을 불렀다. 가을에게 잔뜩 화가 난 상태인 게 분명하다.

"제임스 정이 뭐라고? 구슬이 없다고?"

아, 휴가 율에게 말했구나. 가을은 율이 자신의 말을 다 믿지 않더라도 제임스 정을 한 번쯤은 의심하길 바랐다. 하지만 율의 표정을 보니 가을의 의도대로 되지 않았음을 알 수 있었다.

"그만 좀 해!"

율이 버럭 소리를 질렀다.

"그래. 백번 양보해서 인간이 우리를 해치려고 할 수는 있어. 그런데 제임스 정이 내가 준 구슬을 버렸다고? 그게 말이 돼? 너 인간들이 우리 구슬을 얼마나 탐내는지 몰라? 특히 제임스 정 같은 부자들은 다들 오래 살지 못해 안달이라고."

"그렇긴 하지."

가을이 곧바로 수긍했고 율은 기가 막힌 표정으로 모함을 하더라도 그럴듯하게 하라고 했다.

"모함 아니야. 진짜로 제임스 정이 구슬을 빼서 버렸다니까. 제임스 정한테는 구슬이 없어."

말을 하던 가을은 율의 팔을 잡았다. 율의 구슬이 느껴졌다.

"최초 구슬이 말하노니 손가락도 하나 움직이지 못할지라."

가을이 최초 구슬로 명령을 내리니 율의 몸이 곧바로 굳었다. 율은 마치 밀랍 인형처럼 보였다.

"구슬을 가지고 있다면 내가 느낄 수 있어야 해. 그리고 내 명령을 들어야 해. 그런데 제임스 정은 아니었어."

가을은 최초 구슬로 얻은 사이코메트리 능력에 대해 설명했다. 제임스 정의 시계를 만졌을 때 본 장면을 다시 한번 설명하며 제임스 정이 구슬을 빼서 버리는 영상을 찾아보라고 말했다. 그런데 율이 아무 대답이 없었다. 아차, 가을은 율이 몸을 다시 움직일 수 있게 명령을 내렸다. 몸이 풀리자마자 율이 말했다.

"내가 제임스 정이 가진 영상을 다 살펴봤어. 그런 영상은 없었다고."

"당연히 그 영상은 네가 볼 수 없도록 숨겼겠지."

"이가을, 또 나를 쫓아내려는 거야?"

율이 가을을 노려보며 물었다.

"도대체 무슨 말이야? 내가 누굴 쫓아내려고 한다는 거야?"

"너 그때 일 기억 안 나?"

율의 인중이 바르르 떨렸고 가을은 비로소 예전 그 일이 떠올랐다. 백 년 전 즈음이었다. 일본의 침략으로 나라가 많이 혼란스러웠다. 그때 율이 한창 가깝게 지내던 고관대작이 있었다. 원래 조선 양반이었다가 창씨개명을 해서 나카무라라는 이름을 갖게 된 친일파였다. 어느 날 가을은 율을 만나러 갔다가 율이 나카무라와 대화하는 것을 엿듣게 되었다. 율은 나카무라에게 조선인들이 독립을 꿈꾸지 못할 계획에 대해 말했다. 너무 놀란 가을이 령을 찾아가 율이 나카무라와 작당한 것을 알렸다.

령은 율을 불러 야호가 인간사에 관여하면 안 된다는 원칙을 매번 어기는 것도 괘씸하지만 조선의 독립을 돕지는 못할망정 어찌 그런 일을 벌이려고 하느냐며 호되게 혼냈다. 율에게 당장 이 땅에서 가장 먼 곳으로 가라며 추방 명령을 내렸고 그때 율은 하와이로 떠났다. 몇 년 후 나카무라가 친일파인 척하며 조선의 독립을 도왔고 율 역시 독립운동을 물심양면으로 지원했다는 게 밝혀졌다. 율은 나카무라의 정체가 드러나지 않게 끝까지 비밀을 지켰던 것이다.

"그때 네 덕분에 하와이로 쫓겨 가서 파인애플 농장을 크게 키우긴 했지. 내가 파인애플 농사지으며 얼마나 울었는지 몰라. 지금도 파인애플 그냥은 못 먹잖아. 울면서 먹지."

율이 이를 바드득 갈며 말했다.

"그건 정말 내 큰 실수였어. 미안해."

가을은 그때 일을 생각하면 율을 볼 면목이 없었다. 몇 년 후 가을 네 세 모녀도 령 남매와 함께 하와이로 가게 되었다. 율이 파인애플 제왕으로 불리는 남자의 오른팔 역할을 하고 있었고 그 당시 야호들 은 율 덕분에 하와이에서 편히 지낼 수 있었다.

"이번 일도 나중에 잘못했다고 하면 끝날 거 같아?"

"율아, 이번엔 진짜야. 내가 오해하는 게 아니라고."

가을이 어떤 말을 해도 율은 믿어 주지 않았다.

"그래. 네가 말 같은 소리를 해야지. 제임스 정도 그냥 넘어가겠 대."

"제임스 정한테 그걸 다 말했어? 너 바보야? 당연히 제임스 정은 아니라고 하겠지!"

율은 제임스 정을 조금도 의심하지 않았다. 제임스 정이 야호랑의 커밍아웃을 위해 이제까지 얼마나 노력했는지 모르냐며, 율은 가을 에게 도대체 왜 자신을 방해하는 거냐고 물었다.

"방해가 아니라니까! 제임스 정은 구슬이 없다고!"

율이 긴 한숨을 내쉬더니 가을을 타이르듯 말했다.

"가을아, 설마 야호랑들이 원호인 너보다 나를 더 좋아해서 그래? 나한테 질투하는 거야?"

"그런 거 아니라고!"

"그럼 헛소문 내지 마."

가을은 답답한 나머지 주먹으로 가슴을 쿵쿵 쳤다. 율은 가을의 말을 조금도 믿지 않았다.

"가을아, 제발 말도 안 되는 소리 좀 하지 마. 너 때문에 휴가 걱정이 이만저만이 아니야. 너는 왜 매번 휴를 걱정시키니?"

율의 말에 가을은 말문이 막혔다.

"진짜로 제임스 정한테는 구슬이 없다고."

"네가 못 느낀 거겠지. 내가 줬다니까!"

가을과 율의 대화는 서로 평행선을 달리기만 했다. 서로 자기주장만 하다가 끝이 났다.

가을은 율과 헤어진 후 학교로 왔지만 천천히 걷다 보니 1교시가 다 끝난 후였다. 가을은 머리가 아파 교실로 들어가지 않고 2교시 수업 선생님에게 말씀드린 후 보건실로 왔다. 보건실 침대에 누웠지만 머리가 더 아플 뿐이다. 이럴 바에는 차라리 조퇴를 하는 게 나을 것 같아 침대에서 일어났다. 보건실에서 나와 교실 문손잡이를 잡았는데 주변이 어두워졌다.

이번엔 또 어디지? 간접 조명이 비치는 복도 사이로 제임스 정이 걸어오는 게 보였다. 가구의 배치나 제임스 정의 옷차림으로 추측할 때 제임스 정의 집 같았다. 제임스 정의 얼굴에 분노가 가득하다. 무엇이 제임스 정을 저렇게 화나게 만든 걸까?

"어디 계십니까?"

제임스 정이 누군가를 찾고 있다.

"그 영상을 누구에게 보여 주려고요? 금고에 있던 USB를 얼른 돌려주세요. 그러다 다칩니다."

제임스 정이 이곳저곳을 돌아다닌다.

"가을아, 어딨어? 뭐로 둔갑했어? 쥐? 바퀴벌레? 꼭꼭 숨어봐라. 어떻게든 내가 찾을 테니."

제임스 정의 말에 가을은 숨이 막혔다. 지금 제임스 정이 찾고 있는 건 제임스 정이 구슬을 소멸시키는 영상을 찾아낸 가을이다.

"어차피 너희들은 다 없어질 거야. 네가 입을 다물어야 내가 할 일을 할 수가 있단다. 내가 이제까지 어떤 마음으로 살았는데. 이제 드디어 다 왔어."

제임스 정의 손에 총이 들려 있었다. 저걸로 어쩌려는 거야?

"어디 있어?"

순간 분노에 가득한 제임스 정과 눈이 마주쳤다. 그때 다시 주변이 어두워졌다.

정신을 차려 보니 가을은 교실 앞에 서 있었다.

"가을아!"

유정이 가을의 팔을 잡고 복도 끝 쪽으로 데려갔다.

"너 또 멈춰 있었어."

유정은 가을이 문을 여는 것을 보고 달려왔는데 문손잡이를 잡은 채 가을이 가만히 서 있었다고 말했다.

가을은 혼란스러워 유정 어깨에 기대어 잠시 서 있었다.

"가을아, 왜 그래? 또 이상한 환영이라도 본 거야?"

가을은 눈을 감은 후 조금 전에 본 장면을 하나씩 복기했다. 가을은 왜 제임스 정을 만난 거지? 제임스 정은 왜 가을을 해치려고 하는 걸까? 야호랑을 다 없앨 계획이니 가을 하나쯤 해치는 건 문제도 아니겠지. 제임스 정이 아는 야호의 능력은 종야호인 율이 할 수 있는 것일 텐데 쥐나 바퀴벌레라니. 가을은 인상을 찌푸렸다. 제임스 정은 가을이 다른 생물로 둔갑한다고만 알고 있지 투명하게 변하는 3단계 둔갑까지는 제대로 모를 가능성이 크다. 가을도 최초 구슬을 다루는 법을 수수에게 배우고 나서야 3단계 둔갑으로 몸을 투명하게 만들 수 있다는 것을 알았다.

가을은 번쩍 눈을 떴다. 제임스 정에게 구슬이 없다는 것을 가을이 야호랑 앞에서 밝히면 된다. 구슬이 없는 제임스 정은 가을의 명령이 통하지 않을 거다. 프로젝트를 최종 점검하는 자리에서 가을이 최초 구슬로 명령을 내린다면 제임스 정에게 구슬이 없는 게 밝혀질 것이다.

"유정아, 나 괜찮아. 정신 들었어."

가을은 고개를 든 후 허리를 꼿꼿이 세웠다. 눈에 힘을 바짝 준 채 뚜벅뚜벅 교실을 향해 걸었다. 감히 원호를 건드려? 기다려, 제임스 정.

제임스 정은 가을과 휴의 계획대로 움직이지 않았다. 야호랑 앞에서 커밍아웃 프로젝트를 최종 점검하는 자리에 나타나지 않았다. 프로젝트를 준비하느라 너무 과로하는 바람에 몸이 좋지 않다는 이유였다. 대신 율이 보고를 했는데 회의에 참석한 모든 야호랑들에게 뜨거운 박수갈채를 받았다.

그 뒤에도 가을은 어렵게 자리를 마련했지만 제임스 정은 커밍아웃 프로젝트 때문에 바쁘다는 이유로 나오지 않았다. 결국 디데이가 일주일 앞으로 성큼 다가왔다.

가을은 내일 휴를 만나 제임스 정을 막을 방법을 다시 의논하기로 했다. 하지만 휴에게는 알리지 않고 제임스 정에게 연락을 했다. 긴히 꼭 할 말이 있다고 하니 퇴근 후 시간을 내겠다며 집 앞으로 오라고 했다.

사실 가을은 휴에게는 제임스 정이 자신을 해치는 미래를 봤다는 것을 말하지 않았다. 휴가 알게 되면 또 무리해서 뭔가 하려고 할 테니까.

가을이 본 미래에서 제임스 정에게 쫓긴 장소가 제임스 정의 집이었다. 그렇다는 건 가을이 찾는 제임스 정이 구슬을 소멸시키는 영상이 제임스 정의 집에 있다는 뜻이다. 가을이 본 미래에서 제임스 정은 그 영상을 다시 빼앗기 위해 가을을 위협했다.

가을은 이미 제임스 정의 계획을 알고 있는 만큼 그대로 당해 줄 생각은 추호도 없었다. 율에게 다시 한번 전화해 제임스 정이 가을을 해치려고 한 미래를 말했지만 역시나 율은 믿어 주지 않았다. 그렇다면 방법은 한 가지뿐이다. 가을이 직접 증거를 찾는 것! 제임스 정의 집으로 가서 영상을 찾아내 야호랑에게 보여 줄 거다. 그렇게 되면 제임스 정의 비밀을 전부 드러낼 수 있겠지. 제임스 정은 일개 인간이고 가을은 야호랑의 원호이다. 미래에서 본 총을 든 제임스 정을 떠올리면 결코 방심하면 안 된다는 걸 알지만 혼자서도 충분히 제임스 정을 제압할 수 있다.

가을은 제임스 정과 약속한 시간보다 일찍 제임스 정의 집에 도착했다. 제임스 정의 집에 들어가려면 홍채 인식을 해야 했지만, 가을은 3단계 둔갑으로 몸을 투명하게 만든 후 제임스 정의 집 안으로 들어갔다. 다행히 집에는 아무도 없었다. 가을은 미래에서 본 장소를 찾다가 2층으로 올라갔다. 제임스 정에게 쫓기던 복도가 보였다.

가을은 USB를 보관해 둔 금고를 찾아 2층 방문을 하나씩 열었다. 서재 책꽂이 아래쪽에 가을 허리까지 오는 크기의 금고를 쉽게 찾을 수 있었다. 가을이 금고를 만지자 제임스 정이 비밀번호를 누르는 장면이 보였다. 18392842. 그 번호를 순서대로 누르자 금고가 열렸다. 금고에는 USB와 낡은 파란색 노트가 보였다. 얼른 USB를 챙겨 서재를 나오려는데 장식장 위에 놓인 손바닥만 한 액자가 눈에 들어왔다. 여덟아홉 살쯤 되어 보이는 남자아이가 부모와 같이 찍은 사진이다. 제임스 정의 어릴 때 사진인가? 보육원에서 자랐다고 했던 것 같은데. 가을은 자세히 보기 위해 액자를 들어올렸다. 액자에는 여러 이야기가 담겨 있었다. 가을은 눈을 감았다.

카메라 앞에 서 있는 여자의 목소리가 들린다.

"윤호야, 자, 활짝 웃어야지."

어린 시절의 제임스 정이 보인다. 부모님과 함께 초등학교 입학 기념으로 사진을 찍고 있다. 연신 웃음을 터트리는 제임스 정이, 아니 윤호가 보인다. 그러다 또 다른 장면이 보인다. 윤호가 장례식장에서 검은 양복을 입고 사진과 파란색 노트를 끌어안은 채 서럽게 울고 있다.

가을은 눈을 뜨자마자 다시 금고를 열어 파란색 노트를 꺼냈다. 노트에는 제임스 정의 부모님이 호랑족을 알게 된 과정이 자세히 적혀 있다. 두 사람은 기자였다. 취재를 하던 중에 나이를 먹지 않는 호랑족의 비밀을 알게 된다. 호랑족은 둘에게 비밀을 지켜 주는 대신 구슬을 나눠 주겠다고 약속한다. 노트는 호랑족을 만나 곧 구슬을 얻게 될 거라는 희망적인 문장으로 끝났다. 하지만 울고 있는 윤호를 보니 알겠다. 호랑족의 약속은 아마도 둘을 유인하기 위한 거짓말이었겠지. 역시나 야호랑의 정체를 알게 된 인간들을 다루는 호랑족의 방법에 동의할 수 없다. 제임스 정은 엄마 아빠를 없앤 호랑족에 대해 깊은 원한을 품었을 것이다. 그 원한이 야호랑을 이 세상에서 없애려는 계획의 원인이 되었다.

제임스 정은 나이 들지 않는 존재들을 알고 있었기 때문에 율을 알아봤을 거다. 그제야 가을은 제임스 정의 알 수 없는 분노를 이해할 수 있었다. 율이 준 구슬을 던져 버리고 소멸되는 모습을 바라보던 제임스 정의 눈빛이 떠올랐다.

가을은 노트도 같이 챙겨서 서재를 나왔다. 이걸 율을 비롯한 다른 야호랑들에게 보여 주면 제임스 정의 목적을 밝힐 수 있다. 제임스 정을 어떻게 처리할지는 야호랑들과 다시 논의해 보아야 한다.

가을은 다시 집 앞에서 제임스 정을 기다렸다. 하지만 약속 시간이 한참 지났음에도 제임스 정이 오지 않았다. 가을은 제임스 정에게 전화를 걸었다.

"잘 들어가셨나요?"

대뜸 제임스 정이 그렇게 물었다. 가을은 왜 오지 않느냐고 물었다.

"저를 기다린다고요? 아, 벌써 약효가 나타나는가 보군요. 평안히 가세요."

제임스 정은 딴소리를 한 후 전화를 끊었다. 그런데 평안히 가라니 가을은 왠지 예감이 좋지 않았다. 하지만 노트라는 예상치도 않은 증거를 확보했으니 가을도 이대로 돌아가도 괜찮을 듯하다. 진이 미래는 바뀔 수 있다고 했다. 가을이 본 미래대로 제임스 정에게 쫓길 일은 이제 없다.

가을은 집으로 돌아와 USB를 확인했다. 제임스 정은 날짜별로 영상을 정리해 두었기에 가을은 구슬 발현 시기에 찍힌 영상을 쉽게 찾아낼 수 있었다. USB 안에는 그밖에도 야호족에 관한 다양한 영상들이 담겨 있었다. 그때 전화가 왔다. 율이었다. 이제 제임스 정의 정체를 야호랑에게 알리는 건 시간문제였다. 가을은 한껏 여유로운 마음으로 전화를 받았다.

"안 그래도 너한테 전화하려고 했어."

"가을아, 휴가 깨어나지 않아."

율이 다급한 목소리로 말했고 가을은 전화기를 통해 느껴지는 분위기만으로도 온몸이 얼어붙는 것 같았다.

다리 놓기

가을은 무슨 정신으로 병원에 도착했는지 모르겠다. 휴가 있는 병실로 한달음에 달려갔다. 하지만 병실에는 율만 남아 있었다. 휴는 아직 검사 중이라고 했다. 가을과 율은 휴가 검사실에서 나오기를 기다렸다.

"어떻게 된 거야?"

"모르겠어."

율은 안절부절못했다.

"가을아, 네가 그랬잖아. 물건이나 사람을 만지면 무슨 일이 있었는지 볼 수 있다고."

율은 휴에게 무슨 일이 있었는지 알아봐 달라고 부탁했다.

"그럴게. 그런데 어떻게 된 거야? 네가 집에 왔더니 휴가 거실에 쓰러져 있었다는 거지?"

"어. 아무리 깨워도 일어나지 않았어."

가을은 주먹을 꼭 쥔 채 간신히 물었다.

"숨은 쉬었지?"

율은 그렇다고 고개를 끄덕였다. 갑자기 이게 무슨 일이지? 이제까지 휴는 한 번도 정신을 잃거나 쓰러진 적이 없다. 누구보다 건강했던 휴다. 가을은 제발 휴에게 아무 일 없기를, 휴가 무사히 깨어나기를 바랐다. 야호라고 아프지 않고 피곤하지 않은 건 아니니까. 과로하면 피곤해서 쓰러질 수 있다. 가을은 충분히 있을 수 있는 일이라며 마음을 다잡았다. 그런데 불안한 마음이 사라지지 않았다.

드디어 검사실에서 휴가 나왔다. 침상에 누워 있는 휴의 얼굴이 창백해 보였다. 휴는 호흡기를 끼고 있었고 팔에는 링거가 꽂혀 있었다. 야호족 의사가 율과 가을에게 다가왔다. 령과 함께 의학을 공부한 야호다.

"몸이 굳어 가고 있어요. 혹시 독극물 때문이 아닐까 싶은데, 검사에서는 특별한 성분이 검출되지는 않았어요. 아주 오래전에 몸에 들어가면 몸을 점점 굳게 만들지만 흔적을 남기지 않는 독이 있다는 이야길 들은 적이 있는데, 정말 그런 게 있는지는 모르겠어요."

"휴가 왜 독극물을? 그럴 리가 없잖아요?"

가을이 물었지만 의사는 그것까지는 알 수 없다고 했다. 경과를 지켜보긴 해야겠지만 의식을 되찾지 못할 수도 있다고 말했다. 가을은 손끝부터 발끝까지 온몸이 덜덜 떨렸다.

"꼭 살려 내야 해요. 제발 휴 좀 살려 줘요. 그럼 선생님이 원하는 거 다 해 드릴게요."

율이 의사에게 애원했다.

가을은 천천히 심호흡을 했다. 휴에게 무슨 일이 있었는지 알아내야 한다. 가을은 휴와 단둘이 있겠다며 율에게 잠깐 나가 있으라고 했다. 가을은 눈을 감은 채 휴를 만졌다.

휴 앞에 누군가 있다. 어? 제임스 정? 휴가 제임스 정의 사무실에서 제임스 정을 만나고 있다.

"가을 양, 이렇게 아무 때나 찾아오면 곤란합니다. 이따 만나기로 했는데요?"

"죄송해요. 제가 학교에서 좀 일찍 끝나서요."

휴가 가을의 목소리를 낸다. 휴가 가을로 둔갑을 해서 제임스 정을 만나러 온 거다. 도대체 휴는 왜 제임스 정을 만난 걸까? 그런데 제임스 정이 무슨 짓을 한 거야? 가을이 집중을 하지 못하자 장면이 흐려졌다. 가을은 다시 정신을 차리고 집중했다.

"가을 양께서 저를 의심하신다고요?"

"아, 오해가 좀 있었나 봐요. 저는 너무 급하게 일이 흘러가는 게 아닌가 싶어 걱정이 되어서요. 인간들이 우리를 환영해 줄지 모르겠어요."

"걱정하지 마세요. 제가 그렇게 만들 겁니다."

그 말을 하며 제임스 정은 다도 집기가 있는 곳으로 갔고 물을 끓인다. 찻주전자에 찻잎을 넣은 후 뜨거운 물을 붓는다. 차가 우러나자 제임스 정이 두 개의 찻잔에 차를 따른다. 그사이 휴는 주머니에서 무언가를 꺼내 탁자 밑에 붙여 놓는다. 아마도 도청기인 것 같다. 휴는 나름의 방법으로 가을을 돕기 위해 애쓰고 있었다.

　"가을 양을 위해 특별한 차를 준비했어요."

　제임스 정이 먼저 차를 마시고 휴에게도 권한다. 찻잔을 집은 휴는 얼굴 앞까지 찻잔을 가져오더니 잠깐 멈칫하고는 이내 차를 마신다. 그렇게 둘은 몇 분 정도 더 이야기를 나누고 가을로 둔갑한 휴가 제임스 정의 방에서 나온다.

　가을은 아까 제임스 정에게 전화했을 때 들었던 말이 떠올랐다. 이미 가을을 만났으니 왜 오지 않느냐는 가을의 질문을 헛소리로 받아들였을 거다. 제임스 정이 또 무슨 말을 했는데. 맞아. 벌써 약효가 나타나고 있다고 말했다. 제임스 정이 차에 무언가를 탄 게 분명하다. 가만있어 보자. 제임스 정도 함께 차를 마셨는데 제임스 정은 무사했다. 그러면 차에는 이상이 없다. 그래, 찻잔! 찻잔 안쪽에 이미 독극물이 묻어 있던 게 아닐까?

　가을은 바깥에 있는 율을 불러 자신이 본 장면을 말했다. 율은 제임스 정이 휴를 해칠 리가 없다며 말도 안 된다고 했다.

　"휴가 아니라 나를 해치려 한 거야. 휴가 나로 둔갑했어."

제임스 정에게 가을은 눈엣가시였겠지. 가을만 없앤다면 더 이상 문제 삼는 이가 없을 거라 여겼을 것이다. 이제 새해까지 일주일밖에 남지 않았다.

"근데 휴는 왜 갑자기 나로 둔갑해서 제임스 정을 찾아간 걸까?"

가을은 미래에서 제임스 정이 가을을 해치려 한 것을 율에게만 말했다.

"혹시 제임스 정이 나를 해치려 한 미래를 휴에게 전했어?"

율이 파리한 표정으로 고개를 끄덕였다.

"난, 네가 너무 황당무계한 이야기를 하니까. 화가 나서……."

율에게서 제임스 정이 가을을 해치려 한다는 미래를 전해 들은 휴는 가만히 있을 수 없었을 것이다.

"제임스 정은 야호랑에게 복수하고 싶어 해. 이게 내가 찾은 증거 영상이야."

가을은 제임스 정이 구슬을 꺼내 버리는 영상을 보여 주며 제임스 정 부모 이야기를 했다. 율은 그럴 리가 없다는 말만 중얼거렸다. 아무래도 제임스 정에 대한 믿음이 컸던 만큼 충격도 큰 것 같았다.

"율아, 지금 이럴 때가 아니야."

가을은 율에게 제임스 정 사무실로 가서 휴에게 주입된 독극물이 무언지 당장 알아보라고 지시했다. 그래야 치료 방안을 찾을 수 있을 것이다. 휴가 설치한 도청기 위치를 알려 주며 거기에 정보가 있을지도 모른다고 알렸다. 율은 겨우 정신을 차려 병실을 나갔고 가을은 홀로 남아 휴의 손을 꽉 잡았다. 손이 너무 차가웠다.

"왜 이렇게 차가운 거야. 제발 좀 일어나 봐."

가을은 지난번 선에게 들은 '다리 놓기' 이야기가 떠올랐다. 호랑이에게 물려 창귀가 된 인간은 다른 인간을 대신 물리게 해 빠져나온다고 했다. 휴는 반대로 했다. 가을을 살리기 위해 자신이 적을 만나러 갔다. 가을은 휴를 안고 엉엉 울었다. 가을이 울면 휴가 늘 눈물을 닦아 주었는데 지금 휴는 아무런 반응이 없다.

곧 율이 돌아왔지만 빈손이었다.

"왜 빈손이야?"

가을이 묻자 율이 힘겹게 설명했다. 제임스 정은 자신은 오늘 가을을 만난 적이 없다고 딱 잡아뗐다고 한다. 하지만 율이 휴가 남겨둔 도청기를 찾아 틀자 제임스 정이 가을로 변신한 휴와 함께 나눈 대화뿐 아니라 휴가 돌아가자마자 곧바로 야호랑에 관한 동영상을 오늘 당장 업로드하라고 지시하는 목소리가 흘러 나왔다. 그러자 제임스 정은 단박에 태도를 바꿔 율에게 무력을 행사하려고 했다. 율이 재빨리 제임스 정을 진압하고 사무실을 뒤졌지만 아무것도 찾을 수 없었다고 했다. 지금 제임스 정은 율이 가둬 둔 상태다.

"가을아, 네 말이 맞았어. 제임스는 야호랑을 증오해. 복수하려는 마음이 가득하더라고. 나를 만난 이후로 평생을 야호랑의 정체를 밝히기 위해 살았던 것 같아. 동영상은 아직 업로드 전인 걸 확인했고, 더 이상 진행 못 하게 막아 두었어."

"해독제는?"

"없대."

율이 제임스 정에게 얻어 낸 독극물에 대한 정보는 해독제가 없다는 절망적인 말뿐이었다.

"몸이 점점 굳고 있어요. 아마도 몇 시간 이내에 곧 심장이 굳을 거예요."

의사의 말에 가을은 다리에 힘이 풀려 그 자리에 주저앉았다. 야호가 신체적 나이가 들지 않을 뿐이지 인간과 다른 신체를 가진 건 아니다. 인간에게 없는 해독 능력은 야호에게도 없다.

"형, 미안해. 내가 다 잘못했어. 그러니까 제발 형, 눈 좀 떠 봐."

율이 구슬프게 휴를 부르며 목 놓아 울었다. 율이 휴를 형이라고 부르는 걸 가을은 처음 들었다.

"내가 제임스 정을 데려오지 않았다면, 내가 야호족이 되지 않았다면, 형이 이렇게 되지 않았을 텐데. 미안해, 형."

율이 가슴을 치며 계속 울었다. 율은 처음으로 야호족이 된 걸 후회했다.

가을은 율처럼 마냥 슬퍼하며 울 수 없었다. 지금 이 순간 원호로서 야호랑을 위한 일을 해야 했다. 가을은 곧바로 만만통에 제임스 정의 계획을 알리고 제임스 정의 집과 사무실을 샅샅이 뒤져 그동안 제임스 정이 만들어 놓은 모든 자료를 없애라고 지시했다. 그런 다음 힘겹게 가족들과 진에게 전화를 했다. 곧 병원으로 엄마와 할머니,

선과 유정, 그리고 진이 왔다. 의식을 차리지 못하는 휴를 보고 다들 율만큼 놀라고 슬퍼했다. 엄마와 할머니는 이럴 수는 없다며 울고 또 울었다. 가을에게 휴가 오빠였다면 엄마에게는 아들이었고 할머니에게는 손자였다.

진은 도호가 사라졌을 때랑 비교할 수도 없을 만큼 아파했다.

"가을아, 어떡해? 휴 어떡해?"

유정도 가을을 안고 펑펑 울었다. 가을은 이 상황이 꿈이었으면 좋겠다고 생각했다. 이건 악몽일 뿐이야. 휴가 일어나지 않다니. 이건 말도 안 되잖아. 령이 떠난 지 얼마 되지 않았는데 휴까지 떠난다고? 안 돼. 그럴 수는 없어.

휴의 심장 박동수가 점점 떨어졌다. 휴에게 남은 시간이 얼마 없었다. 그때 가을은 제 안의 구슬이 움직이는 게 느껴졌다. 구슬이 마치 가을에게 앞으로 해야 할 일을 말해 주는 것 같았다. 령, 나 어떻게 해야 할지 알 것 같아.

가을은 신우에게 전화를 걸었다.

"가을아, 무슨 일 있어?"

가을의 목소리가 이상한 걸 신우가 바로 눈치챘다. 가을은 휴에게 생긴 일과 휴를 살릴 수 있는 방법에 대해 이야기했다.

"가을아, 구슬이 있든 없든 너는 가을이야. 구슬이 없어도 너는 잘 살 수 있어. 내가 앞으로도 너랑 계속 함께할게. 하지만 휴는 구슬이 없으면 살 수가 없다며?"

신우의 말을 듣고 나니 가을은 더욱 확신이 생겼다.

가을은 마음을 정하고 모두를 불러 모아 말했다.

"휴를 살릴 방법이 있어요."

율이 그 방법이 무엇이냐고 얼른 말해 달라고 했다.

"제 구슬을 주면 돼요."

"그럼 내 구슬을 줄게. 휴가 이렇게 된 건 내 책임이 커."

율이 자기 구슬을 주겠다고 나섰다.

"너는 안 돼. 지금은 구슬 발현 시기가 아니라서 네 구슬을 빼낼 수 없어. 그리고 일반 구슬로는 죽어 가는 휴를 살릴 수 없어. 하지만 내가 가진 최초 구슬은 달라. 구슬 발현 시기가 아니더라도 빼내는 게 가능하고 아무리 위독하더라도 숨이 붙어 있다면 살릴 수 있어."

령이 그렇게 죽어 가는 가을을 되살렸다.

"내가 가진 구슬을 지금 빼서 휴에게 줄 거야. 그러면 휴가 살 수 있어. 언니, 맞죠?"

가을이 진을 바라보며 물었고 진이 난감한 눈으로 가을을 바라보며 말했다.

"하지만 지금 네 안의 구슬은 아무리 여러 개라도 하나로 뭉쳐져 있어. 휴에게 최초의 구슬뿐 아니라 네 구슬 전부를 줘야 해. 그러면 너는 도호처럼 구슬을 얻기 이전으로 돌아가는 거야."

"네, 알고 있어요."

가을과 진의 대화를 듣던 할머니가 물었다.

212

"그럼 가을이 인간으로 되돌아 간다는 거예요?"

"네. 맞아요."

진의 대답에 할머니와 엄마가 울음을 터뜨리며 가을을 말렸다.

"가을아, 안 돼."

"제발, 제발, 가을아."

바로 이 장면이었다. 가을이 처음 미래로 갔을 때 봤던 모습이다. 이래서 할머니와 엄마가 울고 있었던 거구나. 구슬을 잃으면 가을은 언젠가는 할머니보다 더 나이가 많아질 테고 먼저 세상을 떠날 것이다. 이미 영빈을 통해 엄마와 할머니는 사랑하는 자녀를 먼저 떠나보내는 큰 아픔을 겪었다. 자신이 엄마와 할머니에게 그런 아픔을 주게 될 줄이야. 가을은 할머니와 엄마를 꼭 껴안았다. 할머니와 엄마도 가을에게 다시 생각해 보라고 말할 수 없었다. 이게 휴를 살릴 수 있는 유일한 방법이기 때문이다.

그때 의사가 이제 더는 지체할 시간이 없다고 알려 주었다. 가을은 모두를 한번 따뜻한 눈으로 바라보고 휴가 있는 병실로 홀로 들어갔다.

오백여 년 전 휴를 처음 만난 날이 떠올랐다.

'령과 함께 언덕을 오르자 거기에 네가 있었어. 내가 부끄러워 령의 뒤에 숨었더니 네가 활짝 웃으며 나를 반겨 주었지. 세상 든든한 얼굴로 나를 바라봐 주고 나에게 웃어 주었어. 너는 한 줄기 따스한 햇볕이었고 시원한 바람이었어. 너와의 모든 시간이 따뜻했어. 고마

워, 휴. 네가 있어서 나는 오백 년을 지낼 수 있었어.'

가을은 양손으로 휴의 팔을 잡은 후 몸 안의 구슬을 떠올렸다. 투명했던 최초 구슬이 점점 형태가 생기며 또렷하게 나타났고 가을은 천천히 그 구슬을 움직여 휴에게로 옮겼다. 가을의 이마에 구슬 같은 땀이 흥건히 맺혔다. 순간 오백 년의 시간이 주마등처럼 가을의 머릿속을 스쳐 지나갔다. 휴라면 원호로서 야호랑을 잘 이끌 뿐 아니라 지금까지 해 온 것처럼 인간과 동물이 함께 살아가는 미래를 위해 애써 줄 것이다. 순간 휴의 몸속으로 가을의 구슬이 들어가며 엄청난 파동이 일어났다.

잠시 후 휴가 눈을 떴다. 가을은 와락 휴를 안았다. 살아 줘서 고마워. 깨어나 줘서 고마워. 가을은 령에게 구슬을 얻기를 잘했다는 생각이 들었다.

겨울이 지나고 봄이 왔다. 한 해가 흘러 가을은 고등학교 2학년이 되었다. 가을은 교복을 꺼내 입었다. 딱 맞았다. 구슬을 빼낸 후 가을은 둔갑 이전으로 돌아왔다. 다시 키가 작아져 고등학교로 돌아갈 수 있을까 걱정했는데 겨울 방학 동안 폭풍 성장을 해서 키가 8센티미터나 자랐다. 할머니는 그동안 크지 못한 게 한꺼번에 큰 것 같다고 했다.

가을이 학교 갈 준비를 다 마칠 때까지 유정은 일어나지 않았다. 유정은 고등학교 2학년은 다니지 않기로 했다. 어제 유정은 율과 현과 함께 심야 영화를 보고 와서 늦게 잤다. 원래 유정 혼자 보러 가려고 했는데 둘이 따라왔다고 했다.

가을이 침대에 누워 있는 유정에게 말했다.

"유정아, 학교 갔다 올게."

가을은 집에서 나왔다. 아직은 아침 바람이 차다.

깨어난 휴는 왜 자기에게 구슬을 주었냐고 화를 냈다. 가을은 당연하지 않느냐며 야호는 한 번 입은 은혜를 반드시 갚는다고 말했다.

"네가 나였어도 똑같이 했을 거잖아."

그러자 휴는 더 이상 뭐라고 하지 못했다. 가을을 바라보며 휴가 슬픈 목소리로 말했다.

"나중에 너 없는 시간을 어떻게 살아가라고."

가을은 나중 일은 나중에 생각하자고 했다. 지금 휴 옆에는 가을이 있으니까.

야호랑의 커밍아웃 프로젝트는 무산되었다. 가을의 지시를 받은 만만통은 제임스 정이 만들어 놓은 자료들을 모두 찾아 폐기했다. 그 과정에서 제임스 정이 야호랑들에게 보여 준 영상과는 전혀 다른 영상을 만들었다는 게 밝혀졌다. 제임스 정은 휴를 해친 날 바로 그걸 업로드할 계획이었다. 그 영상만 보면 야호랑은 인간과 절대 어울려 살 수 없는 괴물 그 자체였다. 아마도 이 영상이 세상에 공개되었다면 가을이 본 미래처럼 인간들이 야호랑을 전멸할 계획을 세우게 되지 않았을까?

이 모든 사실을 알게 된 야호랑들이 분노했다. 제임스 정의 부모님 사연을 알게 된 몇몇 야호는 제임스 정을 딱하게 여겼지만 그렇다고 야호랑을 몰살하려고 한 인간을 용서해 줄 수는 없다고 했다. 제임스 정을 어떻게 처리할지는 아직 논의 중이다. 가을은 폭력이 폭력을 낳고 복수가 복수를 낳았던 기억을 잊지 않았으면 좋겠다는 말로 제임스 정의 선처를 부탁했다. 더불어 호랑족은 호랑족의 정체를 알게 된 인간을 없애는 지금까지의 방식을 완전히 폐하기로 했다. 가을은 자 여사에게 부탁해 받은 위구슬을 제임스 정을 비롯해 함께 프로젝트를 준비하던 직원들에게 먹여 일단은 야호랑과 관련된 기억을 모두 지웠다. 이로써 가을이 원호로서 해야 할 일은 모두 마무리되었다.

며칠 전 선이 가을을 찾아왔다. 선은 결혼식 때 했던 약속처럼 언제든 가을의 편이 되어 주겠다고, 가을에게 엄마와 자신이 살아 보지 못하는 삶을 대신 살아 달라고 부탁했다. 가을이 바란 건 이런 거였다. 우려보다 격려가 필요했다.

"저를 지켜봐 주세요, 아빠."

가을은 그날 처음으로 선을 아빠라고 불렀다.

최초 구슬을 얻게 된 휴가 원호의 자리에 오르게 되었다. 가을은 새로운 원호를 야호랑에게 소개하는 자리를 만들면서 휴가 가을이 알고 있던 것보다 더 오랫동안 지구의 지속적인 미래를 위해 많은 일들을 해 오고 있었음을 알게 되었다. 가을은 휴가 잘 해낼 것을 알기에 마음이 놓였다.

　오백 년을 넘게 야호로 살면서 가을은 그 시간이 길다고 생각했는데 이제는 그 시간들이 한낮의 꿈처럼 느껴졌다. 학교 가는 길에서 만나는 풍경은 변한 게 없다. 그런데 이상하게 세상이 다르게 보였다. 학교 앞에 가까워졌을 때 먼저 기다리고 있는 신우가 보였다. 가을을 본 신우가 손을 흔들었다. 가을도 똑같이 손을 흔들었다.

　이제 가을은 시간과 함께 속도를 맞춰 뚜벅뚜벅 걸어갈 것이다. 가을의 시간이 흐르기 시작했다.

서우

아침부터 가을은 정신이 없었다. 신우도 마찬가지였다. 어젯밤 서우가 갑자기 열이 나기 시작해서 지켜보느라 제대로 잠을 자지 못했다. 다행히 아침에 일어난 서우는 열이 싹 다 내렸고 방글방글 웃었다. 오늘이 자기를 위한 날인 줄 알고 있는 모양이다.

수수가 선물로 보낸 드레스를 서우에게 입혔다. 분홍빛이 살짝 도는 드레스는 비즈 때문인지 반짝반짝 빛이 났다.

가을과 신우도 미리 준비한 정장으로 갈아입었다. 오늘 서우의 돌잔치를 한다. 한동안 외국에서 지내던 휴와 유정, 현이 오랜만에 한국으로 돌아온다. 가을은 오랜만에 만날 친구들을 생각하니 설레었다.

세 가족은 돌잔치가 열리는 장소에 도착했다. 이제 막 걸음마를 시작한 서우가 아장아장 걸어갔고 신우가 서우를 부르며 따라가고 있다.

"서우야."

신우가 서우를 안아 들고 제 얼굴을 서우 얼굴에 비볐다. 가을은 흐뭇하게 부녀를 바라보다가 그제야 가을이 야호였던 마지막 해에 봤던 미래임을 깨달았다. 가을의 첫 이름인 서희와 신우의 이름을 한 글자씩 떼어 딸의 이름을 '서우'라고 지었다.

가을이 신우에게 안겨 있는 서우에게 다가가 팔을 어루만지며 말했다.

"서우야, 가자. 할머니들 도착하셨대."

안으로 들어가자 엄마와 할머니, 선, 그리고 두심이 가을 가족을 반겼다. 가을은 이제 엄마와 비슷한 나이가 되었고 엄마와 가을은 자매처럼 보였다. 가을은 서우를 보며 귀여워 어쩔 줄 모르는 할머니와 엄마를 보며 활짝 웃었다. 할머니와 엄마에게 받은 사랑을 서우에게 전할 수 있다. 그렇게 가을의 삶은 계속될 것이다.

잠시 후 유정과 휴, 현도 왔다. 세 친구는 모두 예전 그대로였다. 서핑을 즐기는 휴는 건강해 보였고 그림 그리기에 빠져 있는 현은 조금 피곤해 보였지만 눈빛이 반짝였다. 유정은 여전히 밝고 유쾌했다.

유정이 가을에게 못 본 사이에 왜 이렇게 나이 들었냐고 투덜거렸다.

"정말? 지난번보다 더 그래? 이게 다 아이 돌보느라 그래."

가을이 한숨을 폭 내쉬었다.

유정이 서우를 안아 올리며 말했다.

"서우야, 우리들이 네 친구가 되어 줄 거야. 얼른 자라렴."

순간 가을 앞에 한 장면이 스쳐 지나갔다. 열다섯 살이 된 서우 옆에 유정과 휴, 현이 있다. 교복을 입은 네 아이들이 아이스크림을 먹으며 조잘대고 있다.

"아, 진짜 엄마 짜증 나. 잔소리 엄청 심해."

"유서우, 내 친구 욕하지 마라."

"내 엄마이기도 하거든?"

서우와 유정이 티격태격하고 있다.

가을은 고개를 절레절레 저으며 혼자 웃었다. 이제 구슬도 없는데 그런 게 보일 리가 없잖아.

"엄마."

그때 서우가 가을을 불렀다. 가을은 활짝 웃으며 서우를 안았다.

친애하는 독자님들에게

드디어 『오백 년째 열다섯』이 끝났습니다. 2022년 1권이 나오고 3년이란 시간이 흘렀네요. 처음 가을의 이야기를 떠올렸을 때 여기까지 올 거란 예상은 하지 못했어요. 하지만 삶에는 늘 예측 불가능한 일이 생기더라고요. 이렇게 여러분들의 사랑을 듬뿍 받을 줄 몰랐어요.

종종 '『오백 년째 열다섯』을 쓰지 않았으면 어땠을까?' 하는 상상을 해요. 그런 일이 없어야 하기에, 평행 우주가 있다고 믿는 저는 과거의 제 자신에게 말을 합니다.

"혜정아, 네가 쓰고 있는 『오백 년째 열다섯』을 독자들이 정말 좋아해 줄 거야. 그러니까 힘내서 끝까지 꼭 써야 해!"

『오백 년째 열다섯』을 좋아해 주고 아껴 주는 독자님들을 많이 만났어요. 각 권을 수십 번 읽었다는 독자님, 친구들에게 이 책을 소개한다는 독자님, 가족이 함께 읽는다는 독자님, 다음 권이 무사히 나와야 한다며 제 건강을 기도해 준 독자님.

여러분들의 응원으로 4권까지 쓸 수 있었어요. 정말 감사합니다. 여러분들이 아니었다면 가을의 시간은 여전히 멈춰 있었을 거예요. 가을의 시간이 흐를 수 있도록 만든 건 제가 아니라 여러분들이에요.

저도 여러분들에게 보답하고 싶어요. 사실 제가 가을을 통해 아주 조금 미래를 보는 능력을 얻었거든요. 여러분들의 미래를 제가 보고 왔어요. 살짝 알려 드릴게요. 여러분의 삶은 생각보다 더 근사하고 멋질 거예요. 물론 살다 보면 어렵고 슬프고 힘든 일도 마주할 수 있어요. 하지만 절대로 그것만 있지 않답니다. 가을은 자신 앞에 닥친 어려움을 이겨내고 그때마다 한 단계씩 성장했어요. 여러분도 가을처럼 겁내지 말고 당당하게 여러분의 시간을 살아가시길 바랍니다.

열다섯의 김혜정이 이 책을 읽으면 "흠, 좀 재밌네." 하다가 "뭐야, 왜 이렇게 재밌어?" 하고 여러 번 읽을 것 같아요.

글을 쓰는 내내 즐겁고 재미있었어요.

작품 속 모든 등장인물을 좋아합니다. 심지어 범녀까지도요.

가을에게 엄마와 할머니, 신우, 유정, 휴, 령, 선, 수수, 진, 현이 있었던 것처럼 『오백 년째 열다섯』은 박현숙 팀장님과 위즈덤하우스 출판사 분들, 조현아 작가님이 함께해 주셨어요. 그분들이 아니었다면 이렇게 멋지게 나오지 못했을 거예요.

모두에게 사랑과 감사를 전하며!

2025년 1월, 김혜정

텍스트**T** 014

오백 년째 열다섯 **4** ◆ 구슬의 미래 ◆

초판 1쇄 발행 2025년 4월 9일 **초판 2쇄 발행** 2025년 4월 25일

글 김혜정
펴낸이 최순영

어린이 문학1 팀장 박현숙
키즈 디자인 팀장 이수현
디자인 오세라

펴낸곳 (주)위즈덤하우스 **출판등록** 2000년 5월 23일 제13-1071호
주소 서울특별시 마포구 양화로 19 합정오피스빌딩 17층
전화 02)2179-5600 **내용문의** 02)2179-5768
홈페이지 www.wisdomhouse.co.kr **전자우편** kids@wisdomhouse.co.kr

ⓒ 김혜정, 2025

ISBN 979-11-7171-376-9 43810